文豪たちの口説き本

彩図社文芸部

彩図社

はじめに

「文豪の口説き文句」という言葉から、どんなイメージを抱くでしょうか？

文豪が甘い言葉で意中の相手を虜にし、見事に口説き落とす姿でしょうか。それとも、意表をついた言葉をもって、相手に興味を持たせる姿でしょうか。はたまた、愚直に思いを伝える必死な姿でしょうか。

太宰治は、いずれのテクニックも駆使して女性たちを口説きました。学生時代から浮名を流した太宰は、結婚をして身を固めてからも、妻以外の女性との熱烈な恋を経験します。太宰から甘い言葉をささやかれて夢中になった女性は数知れず、さらには同性からも慕われる人たらしのプロでした。

しかし、当然ですが文豪は、太宰のような人たらしばかりではありません。文章表現に秀でていても、好きな女性が相手になると、たちまち不器用な姿をさらした文豪もいます。

たとえば、珠玉の短編を残した梶井基次郎は、好きになった女学生にどうすれば気持ちが伝わるか悩んだ末に、海外詩人の愛の詩を彼女にわたしました。本人はしてやったりと喜びましたが、翌日に返事を催促すると、「知りません！」と突っぱねられて、恋は終わりを迎えています。そんな梶井が作家として注目されるようになった頃、ある女性作家に恋をするのですが……。

本書はこのような、文豪たちの恋の顛末《てんまつ》を、口説き文句を介して紹介しています。本人の手紙や口説かれた相手の回想、友人の証言などから、口説き文句を集めています。紹介するのは、太宰治や梶井基次郎、中原中也に中島敦、谷崎潤一郎といった近代の文豪たちで、作家ごとに章を分類し、計10章で構成しました。

文豪には堅苦しくてとっつきにくいイメージもありますが、恋愛で必死になるのは、私たちと同じです。誠実な口説き文句を伝え続けて願いを成就した文豪もいれば、気の利いたことをしたつもりが上滑りして、失恋をする文豪もいました。そんな忘れられない経験をもとに、優れた作品を生み出した文豪もいます。

口説き文句からはそうした、文豪たちの人間らしい一面を窺い知ることができます。自分が口説かれた気持ちで読んでいただくと、一層、文豪やその作品を、身近に感じることができるかもしれません。

文豪たちの口説き本◉目次

五、石川啄木の章

六、斎藤茂吉の章

七、梶井基次郎の章

十、谷崎潤一郎の章

一、太宰治の章

ダメ男かつモテ男

ダメ男でありながら、モテ男。それが太宰治だ。学生時代からバーや居酒屋の女性を口説き、女遊びを繰り返す日々。料亭の芸妓・小山初代《おやまはつよ》と同棲をしている時期もあった。初代と別れたのちは師と仰ぐ井伏鱒二《いぶせますじ》の媒酌《ばいしゃく》で結婚して落ち着いたかにみえたが、その後も熱をあげた女性が二人いる。『斜陽』のもととなる日記を提供した太田静子《おおたしずこ》と、太宰とともに心中した山崎富栄《やまざきとみえ》だ。

静子と太宰が知り合ったのは、1941年のこと。静子が太宰のもとへと小説を送って指導を頼むと、太宰から自宅へ来るよう返信があった。静子がこれに応じて太宰宅を来訪すると二人は惹かれあい、恋愛関係に陥った。

終戦後、妻に疑われながらも静子との関係を続けた太宰だが、1947年3月、転機が訪れる。美容師の山崎富栄と知り合うと、太宰は妻や静子に対するのと負けないぐらい、彼女に入れ込んだのだ。

人前では大人しい富栄だったが、二人きりのときには熱烈に太宰を愛した。おかしなことをすれば青酸カリを飲んで自殺をすると太宰を脅し、静子との関係を許そうとはしなかったほどだ。

太宰の口説き文句は女性だけでなく、知人や友人にも向けられた。慕っていた佐藤春夫へは芥川賞の受賞を懇願する手紙を送り、親友や可愛がっている後輩らへは、甘えるような言葉を繰り返している。本章ではそんな、太宰の言葉の数々を紹介していく。

【上段左】太田静子

以前の恋人への思いと長女の早世がきっかけで夫と別れ、実家に戻っていた静子。そのとき太宰の「ろまん燈籠」「道化の華」などを読んで彼に興味をもった。交流後、太宰は静子に結婚生活を日記に書くよう勧める。戦後、静子は太宰の求めに応じて日記を小説の題材として提供した。

【上段右】山崎富栄

太宰と面識をもったのは、1947年3月末。屋台で酒を飲んでいた太宰と話してみると、兄が学生時代に太宰の先輩だったこと、下宿先が太宰行きつけの飲み屋と近いことなどがわかり、距離が縮まった。

太田静子への口説き文句
――妻に隠れて熱烈に恋愛

お気が向いたら、どうぞあそびにいらして下さい

◆

静子が小説の指導を手紙で頼むと、太宰は右のように返信。これがきっかけで静子は三鷹の太宰のもとを訪れ、ふたりは恋愛関係に陥った。

《太田静子への口説き文句》

いつも思っています。
ナンテ、へんだけど、
でも、いつも思っていました

◆

終戦翌年の1月、疎開先の青森から太宰は神奈川にいる静子に手紙を送り、右のように静子へ気持ちを伝えた。

一ばんいいひととして、
ひっそり命がけで生きていて下さい

◆

前ページの手紙の末尾の言葉。欄外には「コヒシイ」の文字も。

私はあなた次第です。（赤ちゃんの事も）あなたの心がそのとおりに映る鏡です

◆

静子から子どもがほしいと告げられた太宰。今後どうするか、会って相談しようと提案した手紙の一節。この手紙を受け取って約5か月後に静子は妊娠に気づくが、同じ頃に太宰は山崎富栄と知り合っていた。

山崎富栄への口説き文句

――太宰治と心中した最後の愛人

死ぬ気で恋愛してみないか

山崎富栄を夢中にさせた太宰の言葉。太宰の担当編集者曰く、「精いっぱいの思いで太宰さんは演技をし、その演技に富栄さんはいつしか酔ってしまったのだろう」とのこと。

あと二、三年。一緒に死のうね

富栄に死にたいと繰り返していた太宰。一緒に死のうと誘うのは太宰定番の言葉で、富栄の日記で何度も言及されている。

サッちゃん、ご免ね、君をもらいますよ

サッちゃんは富栄のこと。太宰は富栄にいくつもあだ名をつけて甘い言葉をささやき続けた。

僕の妻じゃないか

富栄を喜ばせた太宰の殺し文句。ふたりは太宰行きつけの飲み屋近くで半同棲生活を送り、誰もいないときは夫婦のようにふるまっていたようだ。

僕のために苦労することをうれしいと思ってくれよ

嫉妬深い富栄は、太宰が他の女性と接することを嫌がった。そんな富栄の性格を理解していた、太宰ならではの言葉。

僕の晩年は、君に逢えて幸せだったよ

◆

――太宰と死を語り合った富栄が気にしたのは、作家としての太宰の将来。太宰に会うまで作品を読んだことはなかったが、関係が深まると太宰に作家として長生きしてほしいと望むようにもなった。

歓楽極まりて哀情多し（より）

――太宰治×坂口安吾×織田作之助による口説き方

◆富栄に出会う前年の1946年末、太宰は出版社の企画で、新進作家として注目されていた坂口安吾、織田作之助と座談会を行った。その際に盛り上がった口説き方の話がこちら。

坂口　ぼくが君たちに訊きたいと思うことはね、日本の小説を読むと、女の方が男を口説いている。これはどういう意味かな。たいがいの小説はね。昔から男の方が決して女を口説いておらぬのだね。

織田　あれは作者の憧れだね。現実では……。

坂口　どうも一理あるな、憧れがあるというのは……。

太宰　でも、近松秋江《ちかまつしゅうこう》がずいぶん追駆けているね。荷車に乗ったりなんかしてね……。

坂口　現代小説の場合でもたいがいそうだよ。女が男を口説いている。こういう小説のタイプというものは変なものだね。

《歓楽極まりて哀情多し（より）》

織田　そう。健康じゃないね。
太宰　兼行《〔好〕》法師にあるね。女の方から、あな美しの男と間違うて変な子供を生んでしまった。
坂口　すべての事を考え、ぼくたちの現実を考えて、男の方が女を口説かなかったら駄目だろう。
織田　ぼくらがやはり失敗したのはね、女の前で喋りすぎた。
太宰　ちょっと横顔を見せたりなんかして、口唇をひきつけて……。
坂口　日本のような口説き方の幼稚な国ではね、ちょっと口説き方に自信のあるらしいようなポーズがあれば、必ず成功するね。ぼくはそう思うね。日本の女なんというのは、口説かれ方をなんにも知らんのだからね……。
太宰　だから口説かれるんじゃないの。
坂口　口説く手のモデルがない。男の方がなにももっていない。
織田　ぼくは友達にいったのだけれど、ここでひとつ教えてやろう。「オイ」といえばいいんだ……。「オイ」といえばね。
太宰　言ってみよう。それで失敗したら織田の責任だぞ。「オイ」なんて反対に殴られたりしちゃって……。

太宰治から佐藤春夫への手紙

――芥川賞を私にくださいと口説く太宰

◆太宰の人たらしっぷりは、女性だけでなく知人たちにも発揮されている。ここで紹介するのは、芥川賞をくださいと佐藤春夫に懇願する、太宰の手紙だ。第一回芥川賞には落選したものの、太宰は気持ちを切り替えて翌年の芥川賞受賞を目指した。そのために、師であり選考委員である佐藤春夫を口説き落とそうとしたわけだ。ただ、当時は候補者を二年連続では選ばないという規定があったため、太宰が佐藤を口説き落とすことはできなかった。

1936（昭和11）年　27歳

1月28日

謹啓
いまにいたって、どのような手紙さしあげても、なるようにしかならないのだと存じ、あきらめてじっとして居りましたが、どうにも苦しく、不安でなりませぬゆえ、最後のお願い申し述べます。

芥川賞は、この一年、私を引きずり廻し、私の生活のほとんど全部を覆ってしまいました。関心の外に追い出そうとしても、それは、不自然で、ぎご《［こ］》ちなく、あがけばあがくほど、いよいよ強くつながって行くようなややこしい状態にさえなってしまいました。御賢察のほどお願い申し上げます。ことしにはいってからは、毎日毎日、うちにいて、うろうろして居ります。「狂言の神」という作品が、ようやく、このほど、ノオトの中でまとまり、二月から、ゆっくり清書にとりかかろうと存じて居ります。第二回の芥川賞は、私に下さいまするよう、伏して懇願申しあげます。私は、きっと、佳い作家に成れます。御恩は忘却いたしませぬ。昨年後半期、七月から十二月までに小説を四篇発表いたしました。

◎玩具他一篇（二十枚）「作品」七月号

◎猿ヶ島（十八枚）「文学界」九月号

◎ダス・ゲマイネ（六十五枚）「文藝春秋」十月号

◎地球図（十八枚）「新潮」十二月号

なお又、新潮正月号にも、めくら草紙（十八枚）を発表いたしました。

芥川賞当選のときには、それと同時に、「思い出」という八十枚の旧稿に手を加えたものを文藝春秋に発表したいと思って、すでに編集部の鷲尾洋三氏の手許へお送りしてございます。

「思い出」には、可成《かな》りの自信を持って居ります。こんどの芥川賞も私のまえを素通りするようでございましたなら、私は再び五里霧中にさまよわなければなりません。

私を助けて下さい。佐藤さん、私を忘れないで下さい。私を見殺しにしないで下さい。いまは、いのちをおまかせ申しあげます。恥《はず》かしいやら、わびしいやらで、死ぬる思いでございますが、こうしてお手紙さしあげるのも、生きて行くための必要な努力なのだ、と自身に言いきかせて、一心にこの手紙したためました。あきらめず、なまけず、俗なことにもまめまめしく、甲斐甲斐しく真面目につとめるのは、決して恥ずべきことでなく、むしろ美しいことでさえあると信じましたものですから。

私は、今は、私にゆるされた範囲でなすべきことは、すべて、なしたつもりでございます。あとは、しずかに、天運にしたがいます。

寒さのために手が凍え、悪筆、お目を汚した罪、何卒おゆるし下さいませ。

太宰治
佐藤春夫様《略》

二、中原中也の章

素直になれない中也

　太宰治が天才と称しながらも、苦手意識を抱き続けた詩人。それが中原中也だ。酔えば誰彼かまわずからみ通し、わめく騒ぐは当たり前。夜中に友人宅へ押しかけることもしばしばあった。好意の裏返しともとれるが、相手からすればたまったものではない。執拗な中也に、太宰も一時は辟易していたようだ。

　そんな中也と若き日に生活をともにし、生涯、腐れ縁の付き合いを続けた女性がいる。長谷川泰子《はせがわやすこ》だ。ふたりが顔見知りになったのは、女優志望の泰子が稽古をしていた劇団に、中也が出入りするようになったため。このとき中也は16歳、泰子は18歳。劇団が数カ月で解散して泰子の行くあてがなくなると、中也が彼女を引き取って、同棲生活が始まった。

　といっても、若い男女の生活がそう簡単にうまくいくはずもなく、泰子はすぐに中也のもとを離れた。そしてこのとき、泰子が中也の友人・小林秀雄のもとに身を寄せたことで、中也は大きくショックを受ける。そのときの心情をしたためたのが、「我が生活」である。

　その後、中也は泰子と小林から距離を置くが、しばらくすると何食わぬ顔で交流を再開。泰子のもとへも訪れるようになり、喧嘩ばかりの日々を繰り返した。

　一方で、泰子への気遣いは生涯変わらなかった。中也はさびしがり屋で素直ではなかったが、心を許した友人には、泰子への気持ちをまっすぐに表現することもあった。そんな中也の口説き文句を、本章では紹介していく。

【上段左】16歳ごろの中也（立命館中学校3年生）山口中学校を落第して気まずくなったことで、京都の立命館に転入した中也。この年に泰子と同棲を始めている。

【上段右】女学校卒業時の長谷川泰子（17歳）この翌年に京都に行って表現座という劇団に入り、中也に出会う。中也よりも背が高く腕っぷしが強かったため、喧嘩になるといつも泰子に軍配が上がっていたという。

【下段】18歳のときの、泰子とともに上京したころの中也

長谷川泰子と中也

――中也が生涯愛した女性

ぼくの部屋に来ていてもいいよ

◆――劇団が解散して行くあてのなくなった泰子を心配して一言。中也の下宿は料理屋のような立派な造りで、部屋は2階の6畳間。ここで同棲生活が始まった。

そばにおいても邪魔にならない女だ

中也の下宿には友人の富永太郎が訪れて、文学の話をすることがあった。泰子は内容がわからず会話に入ることは少なかったようだ。右はそんな様子を見た中也が、富永に発した言葉。

こんなの書いたから読んでみろ

泰子に詩を読ませたいときの中也。

手紙見た。
貴殿は小生を馬鹿にしている。
バカにしていないというのは妄想《つもり》だ

泰子が去ってしばらくすると、面談をしたいという申出が。中也は右のように返事をしてそれを断った。ただ、別の日には泰子の下宿先へ遊びにいったりしている。

お前の無邪気は罪だよ

別れたあとも泰子の旦那を気取る中也。それに対し、泰子はざっくばらんで誰とでも親し気な態度で接していたため、相変わらず喧嘩は絶えなかった。

自分自身でおありなさい

泰子は中也の勧めで詩を書いていた。中也は泰子の詩才を認めており、手紙で右のように丁寧にアドバイスをしている。芸術を介して心を通わせた喜びからか、末尾には「あんたに感謝する」とある。

佐規子《さきこ》もこの頃では昇進して、
グレタ・ガルボになりました。御存知ですか、
今度奴は主演で撮影するのだそうです

◆

――佐規子は泰子の別名で、グレタ・ガルボは当時人気のハリウッド女優。泰子は新聞社企画の「グレタ・ガルボに似た女性」で一等になり、映画の主演が決定。中也はその喜びを、友人への手紙にしたためた。

これは誰にも見せない、
あいつにも見せないんだけど、
僕が死んだら、あいつに読ませたいんです

◆

彫刻家・高田博厚は、ある日中也から分厚い原稿綴じを見せられた。書かれていたのはすべて、泰子に対する愛の詩。普段の乱暴な言動とは打って変わり、詩作の表現力は一流だった。

我が生活

――長谷川泰子を失って

中原中也

私はほんとに馬鹿だったのかもしれない。私の女を私から奪略した男の所へ、女が行くという日、実は私もその日家を変えたのだが、自分の荷物だけ運送屋に渡してしまうと、女の荷物の片附《かたづ》けを手助けしてやり、おまけに車に載せがたいワレ物の女一人で持ちきれない分を、私の敵の男が借りて待っている家《ウチ》まで届けてやったりした。尤《もっと》も、その男が私の親しい友であったことと、私がその夕行かなければならなかった停車場までの途中に、女の行く新しき男の家があったこととは、何かのために附けたして言って置こう。

私は恰度《ちょうど》、その女に退屈していた時ではあったし、というよりもその女は男に何の夢想も仕事もさせないたちの女なので、大変困惑していた時なので、私は女が去って行くのを内心喜びもしたのだったが、いよいよ去ると決った日以来、もう猛烈に悲しくなった。

《我が生活》

もう十一月も終り頃だったが、私が女の新しき家《うち》の玄関に例のワレ物の包みを置いた時、新しき男は茶色のドテラを着て、極端に俯《うつむ》いて次の間で新聞を読んでいた。私が直ぐに引返そうとすると、女が少し遊んでゆけというし、それに続いて新しき男が、一寸《ちょっと》上れよと云うから、私は上ったのであった。

それから私は何を云ったかよくは覚えていないが、兎も角新しき男に皮肉めいたことを喋《しゃ》舌《べ》ったことを覚えている。すると女が私に目配せするのであった、まるでまだ私の女であるかのように。すると私はムラムラするのだった、何故といって、——それではどうして、私を棄てる必要があったのだ？

私はさよならを云って、冷えた靴を穿いた。まだ移って来たばかしの家なので、玄関には電球がなかった。私はその暗い玄関で、靴を穿いたのを覚えている。次の間の光を肩にうけて、女だけが、私を見送りに出ていた。

靴を穿き終ると私は黙って硝子張《がらすばり》の格子戸を開た。空に、冴え冴《さざ》えとした月と雲とが見えた。慌てていたので少ししか開かなかった格子戸を、からだを横にして出る時に、女の顔が見えた。と、その時、私はさも悪漢らしい微笑をつくってみせたことを思い出す。

——俺は、棄てられたのだ！　郊外の道が、シットリ夜露に湿っていた。郊外電車の轍《わだち》の音が、暗い、遠くの森の方でしていた。私は身慄《みぶる》いした。

停車場はそれから近くだったのだが、とても直ぐ電車になぞ乗る気にはなれなかったので、ともかく私は次の駅まで、開墾されたばかりの、野の中の道を歩くことにした。――――

新しい、私の下宿に着いたのは、零時半だった。二階に上ると、荷物が来ていた。蒲団だけは今晩荷を解かなければならないと思うことが、異常な落胆を呼び起すのであった。そのホソビキのあの脳に昇る匂いを、覚えている。

直ぐは蒲団の上に仰向きになれなくて、暫くは枕に肘《ヒジ》を突いていたが、つらいことだった。涙も出なかった。仕方がないから聖書を出して読みはじめたのだが、何処《どこ》を読んだのだかチットも記憶がない。なんと思って聖書だけを取り出したのだったか、今とあって［な］は可笑《おか》しいくらいだ。

――――

さてここで、かの小説家と呼ばれる方々の、大抵が、私と女と新しき男とのことを書き出されるのであろうが、そして読者も定めしそれを期待されるのであろうが、不幸なことに私はそれに興味を持たぬ。そのイキサツを書くよりも、そのイキサツに出会った私が、その後どんな生活をしたかを私は書こうと思うのである。

気の弱さ――これのある人間はいったい善良だ。そして気の弱さは、気の弱い人が人を気にしない間、善良をだけつくるのだが、人を気にしだすや、それは彼自身の生活を失わせる、いとも困った役をしはじめる。つまり彼は、だんだん、社交家であるのみの社交家に陥れられてゆくのだ。恰度それは、未だあまり外界に触れたことのない、動揺を感じたことのない赤ン坊が、あまりに揺られたり驚かされたりした場合に、むしを起す過程と同様である。そして近代人というのは、多いか少いかこのむしなのではないか？　殊に急劇に物質文明を輸入した日本に於《おい》てそうではないか？

近代にあって、このむしの状態に陥らないためには、人は鈍感であるか又、非常に所謂《いわゆる》「常に目覚めてあれ」の行える人、つまりつねに前方を瞶《みつ》めている、かの敬虔な人である必要がある。さて、

私が女に逃げられる日まで、私はつねに前方を瞶めることが出来ていたの［ママ］と確信する。つまり、私は自己統一ある奴であったのだ。若《も》し、若々しい言い方が許して貰えるなら、私はその当時、宇宙を知っていたのである。手短かに云うなら、私は相対的可能と不可能の限界を知り、そうして又、その可能なるものが如何にして可能であり、不可能なるものが如何に不可能であるかを知ったのだ。私は厳密な論理に拠《よ》った、而《しか》して最後に、最初見た神を見た。

然るに、私は女に逃げられるや、その後一日々々と日が経てば経つ程、私はただもう口惜《くや》し

くなるのだった。——このことは今になってようやく分るのだが、そのために私は嘗《かつ》ての日の自己統一の平和を、失ったのであった。全然、私は失ったのであった。一つにはだいたい私がそれまでに殆んど読書らしい読書をしていず、術語だの伝統だのまた慣用形象などに就いて知る所殆んど皆無であったのでその口惜しさに遇《あ》って自己を失ったのでもあっただろう。

　とにかく私は自己を失った！　而も私は自己を失ったとはその時分ってはいなかったのである！　私はただもう口惜しかった、私は「口惜しき人」であった。

　かくて私は、もはや外界をしか持っていないのだが、外界をしかなくした時に、今考えてみれば私の小心——つまり相互関係に於いてその働きをする——が芽を吹いて来たのである。私はむしに、ならないだろうか？

　私は苦しかった。そして段々人嫌いになって行くのであった。世界は次第に狭くなって、やがては私を搾《し》め殺しそうだった。だが私は生きたかった。生きたかった！　——然るに、自己をなくしていた、即ち私は唖《あ》だった。本を読んだら理性を恢復《かいふく》するかと思って、滅多矢鱈《やたら》に本を読んだ。しかしそれは興味をもって読んだのではなく、どうにもしようがないから読んだのである。ただ口惜しかった！　「口惜しい口惜しい」が、つねに顔を出したのである。或時は私は、もう悶死《もんし》するのかとも思った。けれども一方に、「生きたい！」気持があるばかりに、私は、なにはともあれ手にせる書物を読みつづけるのだった。（私はむしになるのだった。視線がウロウロするのだった。）

　が、読んだ本からは私は、何にも得なかった。そして私は依然として、「口惜しい人」であったのである。

　その煮え返る釜の中にあって、私は過ぎし日の「自己統一」を追惜《ついせき》するのであった。

　嘗《かつ》ては私にも、金のペンで記すべき時代があった！　とランボオがいう。

「だいいち」と私は思うのだった、「あの女は、俺を嫌ってもいないのだし、それにむこうの男がそんなに必要でもなかったのだ……あれは遊戯の好きな性《たち》の女だ……いっそ俺をシンから憎んで逃げてくれたのだったら、まだよかっただろう……」

　実際、女は慥《たし》かにそういう性《たち》の女だ。非常に根は虔《つつま》しやかであるくせに、ヒョットした場合に突発的なイタズラの出来る女だった。新しき男というのは文学青年で、――少くもその頃まで――本を読むと自分をその本の著者のように思ひ做《な》す、かの智的不随児であった。それで、その恋愛の場合にも、自分が非常に理智的な目的をその女との間に認めていると信じ、また女にもそれを語ったのだった。女ははじめにはそれを少々心の中で笑っていたのだが、遂にはそれを信じたらしかった。何故私にそれが分るかというと、その後女が私にそれらのことを語るのであった。それ程この女は持操《〔ママ〕》ない女である――否、この女は、ある場合には極度に善良であり、ある場合には極度に悪辣に見える、かの堕落せる天使であったのだ。

そして私の推察するに、私の所から逃げた当分は、新しき男とその友人の家などに行った場合、男を変えたことを少々誇りげにし、その理由として男が自分に教えた理智的な目的を語ったり、もっと気紛れな場合には、私について人に分り易い欠点——そのために彼の女が私を嫌ったのではない欠点を語ったらしいのである。また、彼女がこのまま私の許《もと》にいようか、それとも新しき男にしようかと迷った時に、強いて発見した私の欠点を語ったらしいのである。つまり女も、また新しき男も、心意を実在と混同する底の、幼稚な者たちであった。しかし新しき男は、その後非常な勉強によって、自分のその幼稚さを分ったらしいから、私はそれを具体的に話すことを此処《ここ》でしなかったのだ。

友に裏切られたことは、見も知らぬ男に裏切られたより悲しい——というのは誰でも分る。しかし、立去った女が、自分の知ってる男の所にいるという方が、知らぬ所に行ったということよりよかったと思う感情が、私にはあるのだった。それを私は告白します。それは、私が卑怯だからだろうか？　そうかも知れない、しかし、私には人が憎めきれない底の、かの単なる多血質な人間を嗤《わら》うに値いする或る心の力——十分勇気を持っていて而も馬鹿者が軟弱だと見誤る所のもの、かのレアリテがあるのでないと、誰が証言し得よう？

がそんなことなど棄て置いて、とも角も、私は口惜しかった！

私はその年の三月に、女と二人で、K市から上京したのだった。知人といっては、私から女を取ったその男Iと、その男を私に紹介したTとだけであった。だのにTは女が私の所を去る一ヶ月前に死んだので私にはもはや知人というものは東京になくなっていたのである。一寸知った程度の人が、五人いはしたが、その中の四人はIの尊敬者であり、一人は、朴直な粧《よそお》いをした通人で、愚直な私など相手にしてくれるべくもなかった。彼は単なる冷酷漢で、それゆえ却《かえっ》て平和の中ではやさしい人とみえる、或時は自分をディアボリストかなと思ったりして満足してみる、かのお仁《ひと》好しと天才との中間にある、得態《〔ママ〕》の知れない輩《やから》なのである。彼も文学青年なのだが、彼はまだ別に何にも書いていない。なのに、聞けば大家《たいか》巡りは相当やるそうである。そして各所で成績を挙げるらしいのだが、無理もない、私も二三度ダマされた。

横道に少し外れたが、

私は大東京の真中で、一人にされた！　そしてこのことは附加えなければならないが、私の両親も兄弟も、私が別れた女と同棲していたことは知らないのであった。又、私はその三月、東京で高等学校を受験して、ハネられていたのであった。

女に逃げられた時、来る年の受験日は四ヶ月のむこうにあった。父からも母からも、受験準備は出来たかと、言って寄こすのであった。

だが私は口惜しいままに、毎日市内をホッツキ歩いた。朝起きるとから、――下宿には眠りに帰るばかりだった。二三度、漢文や英語の、受験参考書を携えて出たこともあったが、重荷となったばかりであった。

いよいよ私は、「口惜《くや》しき人」の生活記録にかかる。

「我が生活」は中也の生前には発表されなかったため、一般的にはこの恋愛事件は知られていなかった。小林秀雄も事件に関して長年口を開かなかったため、彼らと親しい友人だけの記憶に留まっていた。

小林が事件について初めて書いたのは、1949年に発表した「中原中也の思い出」において。その関係性を「奇怪な三角関係」と称し、恋愛事件が小林と中也の関係を滅茶苦茶にしたと記している。実際、中也と小林は一時絶交状態となり、互いが心に大きな痛手を負うこととなる。

しかし、さびしがり屋の中也がこのまま事態を放っておくはずがなく、しばらくすると関係性の修復に向けて、各人を口説き始めた。事件から1年後には何事もなかったかのように小林へ手紙を送り、すぐさま交流を再開。泰子とも顔を頻繁に合わせるようになり、同棲していた時と同じように、喧嘩を繰り返す日々を送るようになる。さらには三人で一緒に酒を飲みに行くようになるなど、小林が言うような奇怪な三角関係ができあがっていくこととなる。

小林や泰子の他にも、中也の激しい人付き合いに辟易し、距離を置こうとする友人はいた。檀一雄《だんかずお》、大岡昇平、太宰治などだ。しかしその一方で、安原喜弘《やすはらよしひろ》のように終生中也の味方であり続けた友人もいた。安原は中也とは反対におとなしく面倒見のいい性格で、破天荒な中也のよき理解者であった。手紙での交流も盛んで、現存する中也書簡のうち、安原宛のものは102通と最多である。

そうした信頼する友人に対し、中也は手紙でさびしさ、やさしさ、尊敬の念など、心置きなく真意を伝えている。その一部を紹介しよう。

中原中也と友人たち

——ひねくれずにデレる中也

先達《せんだつ》ては失礼、直哉論《なおやろん》とりかかったかい。好いものにしたまえ

泰子が去って1年ほどのちのこと。絶交状態だった小林秀雄のもとへ、中也は志賀直哉の評論をネタに手紙を送り、交流を再開した。親交のあった大岡昇平は「五年も先輩に対するそれではない」と評している。

君に会いたい

交流再開後に小林へ送った手紙の末尾に一言。前掲のひねくれた手紙から一変してラブレターのように気持ちを伝えている。

僕は貴兄の好きな無名の者です

中也が憧れの詩人・高橋新吉に送った手紙の冒頭。高橋に関する論文を書いて送るから、返事が欲しいと続けている。

君も亦《また》優しさのために
性格を壊すのかい

◆
親友・正岡忠三郎を気遣って手紙の末尾に。

しかし僕は早く会って話してみたいのです。
君はあんまり無言すぎます。
それでは誰もどうにもなりません

◆

生涯の友人・安原喜弘への手紙。中也は安原と東京で知り合ったが、この手紙を送ったときの安原は、京都帝国大学の学生。東京にいる中也は、安原に会える日を待ち焦がれていた。

君がいなくなって僕は全く淋しいことだ

郷里の宮崎に帰っていた友人・高森文夫への手紙の一節。高森は中也が小林秀雄らと疎遠になっているときに知り合った友人。さびしい時期に友人になったためか、歳月を経ても中也は高森をかわいがった。

あなたの体が大事だ

友人・富永太郎への手紙の一節。具合が悪くなった富永を気遣い、安静にするよう説いている。富永は十代の中也にヴェルレーヌやランボーといったフランスの象徴派詩人を教えるなど、大きな影響を与えた。

三、芥川龍之介の章

大甘な口説き方

近代文学のスーパースターといえば、芥川龍之介である。「鼻」「芋粥《いもがゆ》」「藪《やぶ》の中《なか》」「杜子《とし》春《しゅん》」など、珠玉の短編を数多く残したことで知られている。教科書で「羅生門」を読んで記憶に残っている、という方も多いだろう。だが、この「羅生門」誕生の背景に芥川自身の失恋が大きく影響していることは、あまり知られていない。

芥川は恋愛に対して非常に素直で、現存する手紙では、好きな女性に大甘な口説き文句で気持ちを伝えている。芥川家の女中だった吉村千代はそのいい例で、千代が女中をやめたときに芥川は悲しみ、恋しい気持ちを手紙にしたためている。

そんな芥川が、結婚を望みながらも家の都合で仲を裂かれた女性がいる。それが、幼馴染の吉田弥生《やよい》だ。弥生に縁談の話が持ち込まれたことを知った芥川は、家に弥生と結婚したい旨を伝えた。しかし、家族はそろって弥生との結婚に猛反対。泣きの説得も功を奏さず、弥生との恋は実らなかった。

「羅生門」はそんな失意の中で生まれた。芥川は「現実的なことは考えたくない」という状態だったため、古典を題材にして自分が思い描く心境を表現したのだ。

しかし、捨てる神あれば拾う神もあるもの。友人の紹介で知り合った塚本文《つかもとふみ》に恋をすると、やはり甘い口説き文句の手紙を幾度も送付。恋は成就してふたりは結婚し、三人の男児をもうけることとなった。

【左】一校時代の芥川

右に写るのは親友の井川恭。一校卒業後に芥川は東京帝国大学へ、井川は京都帝国大学へ進学したが、手紙のやりとりは続けた。吉田弥生との恋が実らず失意のうちにいたときも、芥川は心境を井川宛の手紙につづっている。

【右】芥川龍之介と妻の文

吉田弥生との失恋からしばらくして、芥川は友人を介し、塚本文と知り合う。文は海軍士官の娘で、当時は女学生。芥川は失恋直後から文に気になるところがあったようで、その気持ちは友人宛ての手紙からも窺える。弥生との結婚には反対した芥川家の養父母からも、文への評価は上々だった（養父母と書いたのは、幼い頃に生まれの新原家から母親の実家の芥川家に引き取られたため）。次第に芥川は甘い口説き文句を文への手紙に書いて、恋心を熱心にアピール。家族の了承もあり、1918年2月、芥川25歳、文17歳の時に二人は結婚した。

芥川龍之介から女中・吉村千代への手紙

――辞めた女中を恋しく思う21歳ごろの芥川

今、芝からかえった所。ひとりでこれを書く。

ちよの事を思うとさびしくなる、ひとりで本をよんでいて、ふと、今頃は何をしているだろうと思うとさびしくなる、もうみんな忘れてしまったかしらと思うとなおさびしくなる。

このあいだ、得ちゃんのうつした写真をみて「おばさんもお冬さんも、ちよも皆、妙にうつっている」と云ったら、太田さんが「おちよさんはからだがわるいから」と云った。どこが悪いのだろうと思うと、心配にさえなってくる。からだは大事にしないといけない。

いつでも芝へ行ったかえりには、宇田川町の停留所まで、わざとぶらぶらあるく。そうして今にうしろで、やさしい足おとがしはしないかと思いながら、用もない道具屋の店をのぞいたり、停留場でいくつも電車をのらずにいたりする、あって一しょにあるいても、何一つはなせるのではなし。その上二人とも気まりが悪くっていやなのだけれど、それでも、二人でいると云う事はうれしい。

まして二人だけで、二時間でも三時間でもいられたら、どんなにうれしい事だろうと思う。ただそう云う時の来ることを、いのるより外に仕方はない。

前のようにたびたび芝にゆかれないのでさびしいけれど、がまんをしている。あわないでいるうちに、ちよがみんなわすれてしまいそうな気がする、だんだんゆびにもさわらせないようになりそうな気がする、そう思うとさびしい。

ちよ、ちよとよびずてにしたのはなぜだか自分にもわからない。わるければもっとていねいに「さん」の字をつけます。


ぼくはこの頃になって、いよいよお前がわすれられなくなった。今までもお前を愛していた事は愛していた、しかしこの頃は心のそこからお前の事を思い又お前のしあわせをいのっている。ぼくは今まで、お前をじゆうにしない事をざんねんに思っていた。お前のからだをぼくのものにしない事をものたりなく思っていた、ぼくは今になって、こう云う事ばかり考える愛はほんとうの愛ではないと云う事を知った。これからのぼくには、そんな事はどうでもいい、ただお前とお前の心もちとを、かわゆく思ってゆこう。心のそこからお前をかわゆく思ってゆこう。ぼくははじめ、お前と一しょになれないなどと云う事は大した事だとは思わなかった。一しょになれなくっても二人の心の中で思いあっていればいいと思っていたからだ。それが、この頃ではそうでなくなった、お前がどこかへかたづくとしたら、ぼくはどんなにつらいだろう。どんなにひとりでくるしい思いをするのだろう、またぼくがよめをもらうにしても、どんなに、お前の事を思い出すだろう。どんなにお前をわすれずにいるだろう。今のぼくから云えば、どんな女でも、お前よりぼくがかわゆく思う女はないと思う。ぼくのよめになる人にはきのどくだが、ぼくはとてもその人をお前よりかわいいとは思えないのにちがいない。ぼくがお前を思うように、お前もぼくを思ってくれるかどうか、それはぼくにはわからない。けれど、ぼくだけについて云えば、一しょになれないお前をこんなにふかく、こんなに心から愛すると云うことは、なんと云うなさけない事だろうと思う。

それをかんがえると、ぼくはほんとうにかなしくなる。ぼくはたった一人、すきな人を見つけて、そのすきな人と一しょにいられない人げんなのだ、やかましく云えばそのすきな人の手にさえさわれない人げんなのだ、そうしてそのすきな人がよその人のところにかたづくのを見ていなければならない人げんなのだ。ぼくの心ぼそくなるのも、むりはないだろう。

しかしお前もぼくも、一どはつよくなって、おたがいをわすれなければならない、ぼくはまえに、ぼくをわすれてはいやだとお前に云ったことがある。今では出来るならぼくの事なんぞすっかりわすれてしまってくれと云いたい、ぼくはとてもお前をわすれることは出来ないし、また、わすれようとも思わないから、せめてお前がぼくをわすれてしまえば、ぼくの方でもお前をうらむし、一つには今までばかにされていたような気がして、はらがたつから、そのいきおいでいくぶんかはお前の事もわすれられるかもしれないと思う、しかし、それまでに、ぼくはなんどなくかわからないだろう。いくじのないはなしだけれど。

ぼくはほんとうに、今では心のそこからお前を愛している。お前はだまっているときも、わらっているときも、ぼくにとってはだれよりもかわゆいのだ。一生、だれよりもかわゆいのだ。たとえ、ぼくのじゆうにならなくとも、かわゆいのだ。そうして、ぼくがお前をかわゆがると云う事が、お前のしあわせのじゃまになりはしないかと思って心ぱいしているのだ、ぼくは心のそこから、おまえのからだのじょうぶな事と、お前がしあわせにくらす事とをいのっている。

ぼくはこのごろ、ほんとうにお前がわすれられなくなった、今まではお前のからだをぼくのものにしないのをざんねんに思っていたが、今はそんな事はどうでもいい。ただぼくが心のそこからお前をかわゆく思うように、お前もぼくの事を思ってくれたらそれでたくさんだ。

このごろ、ぼくはまた、お前がかたづく時の事をかんがえた。そうしたらどうしていいのだかじぶんでもわからなくなった。お前がかたづくとしたらどんなにぼくはさびしいだろう。どんなにぼくはつまらないだろう。とても一しょになれる事の出来ないお前をこんなにふかく、こんなに心から愛すると云う事は、ずいぶんなさけない事だと思う。もしまたぼくがよめでももらうとしたら、どうだろう、ぼくは、どの女でもとてもお前ほどかわゆくは思われないのにちがいない、お前ほどしんようする気にはなれないのにちがいない、そうだとしたら、ぼくの不しあわせばかりではなく、ぼくのよめになる人の不しあわせにもなるだろう。お前がかたづくにしても、ぼくがよめをもらうにしてもどっちにしても、ぼくはいやな思いをするより外はない、もしお前がほんとうに思ってくれるなら、やっぱりお前がかたづく時でも、ぼくがよめをもらう時でも、いやな気がするだろう。して見ると、わるいのは、ぼくなのだ。はじめに、お前がすきだと云い出した、ぼくがわるいのだ。ぼくがそう云いさえしなかったら、なんにもなかったのにちがいないのだから。

しかし、これはお前もかんにんしてくれるだろうと思う。

ぼくは、お前をいつまでも今のように思っていたい、いつまでも心のそこから、誰よりもかわゆく思っていたい、そうして出来るだけ、よめなどをもらわずに、お前一人をなつかしく思っていたい。もっとも出来るだけお前もかたづかずにいた方がいいなどとは、ぼくの口から云えたぎりではないけれども、そうだったらなおいいような気がする。しかしこれは気だけだ、ほんとうは、ぼくの事なんかかまわずに、いい所があったらかたづいた方がいい、ぼくはどんなにつらくってもがまんをする。そうして、お前がかたづいた先の人としあわせにくらせるようにいのってやる、もしそのさきの人がお前をいじめたりなんぞしたらしょうちしない、きっとぼくがかたきうちをしてやる。ほんとうのことを云えば、どこへもお前をやりたくない。やるにしても、このままでやりたくない。十日でも一週間でも、一しょになかよくしてみたい。お前のからだをぼくのものにしなくっても、ただ一しょにごはんをたべたり、外をあるいたりして見たい。誰も知った人のない、どこかとおいくにのちいさな村へ、うちを一けんかりて、そこにすむのだ。お前に、ごはんをたいてもらって、ぼくが本をよんだり、なにかかいたりする。はたけへ、くだもののなる木をたくさんうえて、その中へ小さなにわとり小屋もこしらえてやる。そうして二人で、くだものをとったり、とりにえをやったりするのだ。何をやるのも二人でするのでなくては、つまらない。それから、そのくだものの木のかげで、そう云うふうにしずかに、しあわせに、ほんの一週間でもくらしてみたい（一生なら、なおうれしいけれど）ぼくは、ほんとうに、お前を愛しているよ。お前もぼくのことさえわすれずにいてくれればいい、それでたくさんだ。それより外のことをのぞむのは、ぼくのわがままだと気がついた。ただわすれずにいておくれ。

◆千代が内容を理解しやすいよう、芥川はひらがなを多用した。

芥川龍之介から吉田弥生への手紙

――幼馴染と結婚したいが……

1914（大正3）年夏（旅行先の千葉一宮から）

・・・気になって、同じ豆らんぷの下で、ペンをとりました。これで彌《や》ぁちゃんへ手紙をあげるのが、二度になるのですが、二度とも、ある窮屈さを感じているのは事実です。それはややもすると、余り自由に書きすぎはしないかと云う掛念《けねん》があるのです。むずかしく云うと、社会の不文律がきめている制限を、知らず知らず乗越えていはしないかと云う疑懼《ぎく》の心が一行書くうちにも、つきまとっているのです（少し大袈裟ですが）　それも社交上の修辞に富んだ人だと、こんな心配はないのですが僕は其点《そのてん》で、単語もSYNTAXも非常に貧少な悪文家ですから、どうもこの埓を飛び越えそうな気がして仕方がありません。その為に僕の手紙は甚《はなはだ》、手数のかかった、よみ悪いもの・・・

《略》勉強はあまり出来ませんが、朝のうちだけは、感心に本を少しよみます。夜もよくねます。眠る前に時々東京の事や、彌ぁちゃんの事を思い出します《略》

1914（大正3）年末（詩稿と共に）

こは人に御見せ下さるまじく候
YACHANとよびまつらむも
かぎりあるべく候　いつの日か
再　し・ゆ・う・べ・る・とが哀調を　共
にきくこと候ひなむや

◆「弥あちゃんと呼ぶのも限りがあるでしょう」という内容が示すとおり、芥川の恋は実らなかった。婚約を望んだ芥川だったが、家族からは反対されて、仲を裂かれた。

失意の芥川龍之介

——家族から弥生との結婚を反対されて

1915（大正4）年　23歳

2月28日　井川恭《きょう》宛

ある女を昔から知っていた。その女がある男と約婚をした。僕はその時になってはじめて僕がその女を愛している事を知った。しかし僕はその約婚した相手がどんな人だかまるで知らなかった。それからその女の僕に対する感情もある程度の推測以上に何事も知らなかった。その内にそれらの事が少しずつ知れて来た。最後にその約婚も極大体の話が運んだのにすぎない事を知った。僕は求婚しようと思った。そしてその意志を女に問う為にある所で会う約束をした。所が女から僕へよこした手紙が郵便局の手ぬかりで外へ配達された為に時が遅れてそれは出来なかった。しかし手紙だけからでも僕の決心を促すだけの力は与えられた。家のものにその話をもち出した。そして烈しい反対をうけた。伯母が夜通しないた。僕も夜通し泣いた。

あくる朝むずかしい顔をしながら僕が思切ると云った。それから不愉快な気まずい日が何日もつづいた。その中に僕は一度女の所へ手紙を書いた。返事は来なかった。

一週間程たってある家のある会合の席でその女にあった。僕と二三度世間並な談話を交換した。何かの拍子で女の眼と僕の眼とがあった時、僕は女の口角の筋肉が急に不随意筋になったような表情を見た。女は誰よりもさきにかえった。

あとで其処《そこ》の主人や細君やその阿母《あぼ》さんと話している中に女の話が出た。細君が女の母の事を「あなたの伯母さま」と云った。女は僕と従兄妹同志だと云っていたのである。

空虚な心の一角を抱いてそこから帰って来た。それから学校も少しやすんだ。よみかけたイワンイリイッチもよまなかった。それは丁度ロランに導かれてトルストイの大いなる水平線が僕の前にひらけつつある時であった。大へんにさびしかった《略》

4月23日（月推定）　山本喜誉司《きよし》宛

相不変《あいかわらず》さびしくくらしています。

すべての刺戟に対して反応性を失ったような――云わば精神的に胃弱になったような心細さを感じています。この心細い心もちがわかりますか（僕は誰にもわからないような又わからない

のが当然なような気がしますが）《略》

私はこのさびしさを何かによって忘れ得ようとするのを卑怯だと思います。しかしたえず私がこのさびしさから逃れようとしている事も亦止《また》むを得ない事実です。私には誰もこの service をしてくれる人がないとしか思われません。そして唯これを誰かに訴える事によってのみ少しは慰められる事がありはしないかと思います。たびたび君に長い手紙をかくのはその為です。ですからよんでもよまなくってもかまいません。

もうやめます。それからうちでは私に誰かきめておかないとあぶないと思うものですから、しきりに候補者を物色しています。私の母は文ちゃんの推賞家で、私の従姉は上滝の妹の推賞家で、私のうちへよく来る女の人は私の一番嫌な馬鹿娘の推賞家です。私はあまりその相談には与りません。

二三日前に芝へ行ったらY（編集部注：弥生のこと）が来ていました。私は居ないふりをしてあわずに次の部屋で声ばかりきいていました。Yが「この頃はどちらへも出ませんの」と云っていました。姉の話ではYが急にふけたと云う事です。あとで随分心細そござんした。

私は学校を出ても二三年は独りでいるつもりです。そうして誰でも私の家族の中で賛成者の多い女を貰います。それがうまく私のすきな人と一致すれば格別ですがさもなければ一生を comedy にして晒《わら》ってくらしてしまいます。しかしその comedy は私にとつて真剣な tragiccomedy（編集部注：「悲喜劇」の意）ですけれど《略》

5月2日　山本喜誉司宛

《略》文ちゃんは勿論《もちろん》僕の所へ来る人ではないでしょう。しかしその理由は君の云う正反対です、僕の方が無資格です。僕は身分のひくい教育のあまりない僕だけを愛してくれる、そして貧しい暮しになれた女がいる事を夢みます（そのくせその結局夢なのもよく知っているんですが）それほど僕は女の人から理解は望めないと云う事を信じるようになっているんです。云いかえると唯愛だけ——普通の愛だけで満足しなくてはならないと思っているんです（そう思うとほんとうにひとりぼっちでさみしくなります）そうしてその愛を求める資格が又大抵な人に対して僕には欠けているのです。文ちゃんの場合その通り。

ただ淋しいので僕のゆめにみている人の名を時時文ちゃんにして見るだけ。その外に何にもありません。しかし文ちゃんは嫌な方じゃありません。ゆめにみている人の名につけてみる位ですから。目下の僕には従って文ちゃんを理解する必要もありません。しかしイマジナリイにある位置へ自分を置いて考えると少しはさびしさを忘れるので高輪へはゆくかもしれません（極稀に）。但《ただし》僕のうちでは僕の持っている興味の三倍位の興味を文ちゃんに持っています。これでおしまい。Yの事は一日一日と忘れてゆきます。《略》

芥川龍之介から塚本文への手紙

――妻となる女性への甘い口説き文句

1916（大正5）年　24歳

8月25日　千葉の一宮より

文ちゃん。

僕は、まだこの海岸で、本をよんだり原稿を書いたりして、暮しています。何時頃、うちへかえるかそれはまだはっきりわかりません。が、うちへ帰ってからは、文ちゃんに、こう云う手紙を書く機会がなくなると思いますから、奮発して、一つ長いのを書きます。

ひるまは、仕事をしたり泳いだりしているので、忘れていますが、夕方や夜は、東京がこいしくなります。そうして、早く又、あのあかりの多い、にぎやかな通りを歩きたいと思います。しかし東京がこいしくなると云うのは、東京の町がこいしくなるばかりではありません。東京にいる人もこいしくなるのです。そう云う時に、僕は時々、文ちゃんの事を思い出します。文ちゃんを貰いたいと云う事を、僕が兄さん（編集部注：芥川の同級生で文の叔父にあたる山本喜誉司《きよし》のこと）に話してから、何年になるでしょう。（こんな事を、文ちゃんにあげる手紙に書いていいものかどうか、知りません。）貰いたい理由はたった一つあるきりです。そうして、その理由は僕は、文ちゃんが好きだと云う事です。勿論昔から好きでした。今でも、好きです。その外に何も理由はありません。僕は、世間の人のように、結婚と云う事と、いろいろな生活上の便宜と云う事とを一つにして考える事の出来ない人間です。ですから、これだけの理由で、兄さんに、文ちゃんを頂けるなら頂きたいと云いました。そうして、それは頂くとも頂かないとも、文ちゃんの考え一つで、きまらなければならないと云いました。

僕は、今でも、兄さんに話した時の通りな心もちでいます。世間では、僕の考え方を、何と笑ってもかまいません。世間の人間は、いい加減な見合いといい加減な身もとしらべとで、造作なく結婚しています。僕には、それが出来ません。その出来ない点で、世間より、僕の方が、余程高等だとうぬぼれています。

兎に角、僕が文ちゃんを貰うか貰わないかと云う事は全く文ちゃん次第で、きまる事なのです。僕から云えば、勿論、承知して頂きたいのには違いありません。しかし、一分一厘でも、文ちゃんの考えを、無理に、動かすような事があっては、文ちゃん自身にも、文ちゃんのお母さまや兄さんにも、僕がすまない事になります。ですから、文ちゃんは、完《まった》く自由に、自分でどっちともきめなければいけません。万一、後悔するような事があっては、大へんです。僕のやっている商売は、今の日本で、一番金にならない商売です。その上、僕自身も、碌《ろく》に金はありません。ですから、生活の程度から云えば、何時までたっても知れたものです。それから、僕は、からだも、あたまもあまり上等に出来上っていません。(あたまの方は、それでもまだ少しは自信があります。)うちには父、母、伯母と、としよりが三人います。それでよければ来てください。

僕には、文ちゃん自身の口から、かざり気のない返事を聞きたいと思っています。繰返して書きますが、理由は一つしかありません。僕は、文ちゃんが好きです。それだけでよければ、来て下さい。

この手紙は、人に見せても見せなくても、文ちゃんの自由です。

一の宮は、もう秋らしくなりました。木槿《もくげ》の葉がしぼみかかったり、弘法麦《こうぼうむぎ》の穂がこげ茶色になったりしているのを見ると、心細い気がします。僕がここにいる間に、書く暇と書く気とがあったら、もう一度手紙を書いて下さい。「暇と気とがあったら」です。書かなくってもかまいません。が、書いて頂ければ、尚《なお》、うれしいだろうと思います。

これでやめます。皆さまによろしく。

月日不明　田端より

文ちゃん
少し見ないうちに又背が高くなりましたね。そうして少し肥りましたね。どんどん大きくおなりなさい。やせたがりなんぞしてはいけません。体はそう大きくなっても心もちはいつでも子供のようでいらっしゃい。自然のままのやさしい心もちでいらっしゃい。世間の人のように小さく利巧になってはいけません。《略》
それはむずかしい事でも何でもありません。何時までも今のままでいらっしゃいと云う事です。何時までも今のような心もちでいる事が人間として一番名誉な事だと云う事です。私は今のままの文ちゃんがすきなのです。今のままの文ちゃんなら誰にくらべてもまけないと思うのです。
えらい女――小説をかく女や画をかく女や芝居をかく女や婦人会の幹事になっている女や――は大抵にせものです、えらがっている馬鹿です。あんなものにかぶれてはいけません。つくろわず、かざらず、天然自然のままで正直に生きてゆく人間が、人間としては一番上等な人間です。どんな時でもつけやきばはいけません。今のままの文ちゃんは××××を十人一しょにしたよりも立派なものです。何時までもその通りでいらっしゃい。それだけで沢山です。それだけで誰よりもえらござんす。少くとも私には誰も外にくらべものがありません。

これはおせじではありません。私は文ちゃんに嘘なぞは決してつかないつもりです。世間中の人に嘘をつく必要がある時でも、文ちゃんにだけは嘘をつかないつもりです。私の云う事をお信じなさい。私も文ちゃんを信じています。人間は誰でもすべき事をちゃんとして行けばいいのです。文ちゃんもそうしていらっしゃい。学校の事でもうちの事でも、するだけをちゃんとしていらっしゃい。しかしそれから何か報酬をのぞむのは、卑しいもののする事です。学校の事にしても、いい成績をとるために勉強してはいけません。それはくだらない虚栄心です。唯すべき事をする為に勉強するのがいいのです。それだけで沢山なのです。成績などはどんなでもかまいません。成績は人のきめるものです。人に自分のほんとうの価値は中々わかりません、ですから成績なんぞをあてにするのはつまらない人間のする事です。

世間には金と世間の評判のよい事とばかり大事にする人が沢山あります。又実際、金持や華族がえばっています。しかし金持のえばれるのは金がえばるのです。その人間に価値があるからではありません。華族がえばるのもその肩書がえばるのです。その人間がえらいからではありません。えばっている華族や金持が卑しいように、華族や金持をありがたがる人間も卑しい人間です。そんな人間の真似をしてはいけません。学校の成績も同じ事です。そう云う虚名をあてにしてはいけません。自分のほんとうの価値をあてにするのです。自分の人格をたのみにするのです。すなおな正直な心を持った人間は、浅野総一郎や大倉喜八郎より神様の眼から見てどの位尊いかわかりません。

お互に苦しい目や楽しい目にあいながら、出来るだけそう云う尊い人間になる事をつとめましょう、そうして力になりあいましょう。

そのうちに兄さんとでも遊びにいらっしゃい。私は毎日忙しいさびしい日をくらしています。出来るだけたびたび文ちゃんにもあいたいのですが、そう云うわけにも行きません。きっといらっしゃい、待っています。みんなで文展へ一度行きましょうか。これでやめます。

1917（大正6）年　25歳

4月16日　鎌倉より

こないだは、よく来てくれましたね。人が来たり何かして、ゆっくりしていられなかったのが、残念です。二人だけで、何時までも話したい気がしますが、そうも行きません。

五六日前に、電車の中で、不良青年が、どこかのお嬢さんのあとをつけているのを見ました。そのお嬢さんは、何でも学校のかえりらしいのです。不良青年の方は、三人いました。みんな下等な、いやな奴ばかりです。原町かどこかで、そのお嬢さんが電車を下りたら、みんな一しょに下りました。ひるまですが、気の毒にもなり、心配にもなりました。そうして、もしそんな事が文ちゃんにあったら大へんだと思いました。その時は夏目さんへゆく途中だったのですが、向うへ行って奥さんにその話をしたら、夏目さんのお嬢さんたちの所へも、支那の留学生があとをつけて来た事があると云うんで、驚きました。あとをつける所じゃない、何時までも門の外に立って、お嬢さんの出るのを待っていたり、電話をかけたりするんだそうですから、不届きです。その時も、少し文ちゃんの事が心配になりました。

それから横須賀の学校（編集部注：前年の12月から芥川は横須賀の海軍機関学校に英語教官として勤めていた）へ行って、東京の不良青年の話をしたら、横須賀にもそんな連中が五六人いて、ナイフで羽織を切ったり、途中で喧嘩をふきかけたりするんだと云うので、愈《いよいよ》物騒な気がし出しました。世の中には、我々善良な人間が考えているよりも、遥にそう云う連中が多いのです。よく気をつけて下さい。僕たち二人の為にですから。

来年の今頃にはもう、うちが持てるでしょう。尤《もっと》も月給が六十円しかないんだから、ずいぶん貧乏ですよ。それでやって行くのは、苦しいが、がまんして下さい。苦しい時は、二人で一しょに苦しみましょう。その代り楽しい時は、二人で一しょに楽しみましょう。そうすれば又、どうにかなる時が来ます。下等な成金になるより、上等な貧乏人になった方がいいでしょう。そう思っていて下さい。

僕には、僕の仕事があります。それも楽な仕事ではありません。その仕事の為にはずいぶん、つらい目や苦しい目にあう事だろうと思っています。しかしどんな目にあっても、文ちゃんさえ僕と一しょにいてくれれば、僕は決して負けないと思っています。これは大げさに云っているのでも、何でもありません、ほんとうにそう思っているのです。前からもそう思っていました。文ちゃんの外に僕の一しょにいたいと思う人はありません。文ちゃんさえ、今のままでいてくれれば、今のように自然で、正直でいてくれれば、そうして僕を愛してさえいてくれれば。

何だか気になるから、ききます。ほんとうに、僕を愛してくれますか。

この手紙は、文ちゃん一人だけで見て下さい。人に見られると、気まりが悪いから。

9月4日　鎌倉より

文ちゃん
この二三日伯母が鎌倉にいて、今東京へかえりました、それを送って帰って来たさびしい心もちで、この手紙を書きます。何だかこの手紙を書かなければ、このさびしさがなくならないような気がするから、書くのです。

先日は失礼しました。

あの時、文ちゃんが倫理の先生に叱られた話をしたでしょう。あれが大へん嬉しかったのです。

何時でもああ云うような心もちでいなければいけません。叱るのは叱る先生の方が間違っているのです。あれで一生通せれば立派なものです。どんな人の前へ出ても、恥《はずか》しい事はありません。何時までも、ああ云うように正直でお出でなさい。知らないものは知らないでお通しなさい。それがほんとうの人間のする事です。イカモノの令夫人や令嬢には、いくらめかし立てても、ほんとうの人間のする事は出来ません。あの話を聞いた時に、僕は嬉しいと同時に敬服しました。但しほめても、自慢をしちゃいけません。

それからもう一つうれしかったのは、伯母が文ちゃんの正直なのに大へん感心していた事です。あとで文ちゃんから手紙が来た時などには、涙をこぼしてうれしがっていました。正直な人間には、正直な人間の心がすぐに通じるのです。不正直な世間がどうする事も出来ないような心が、動かされるのです。僕も伯母と一しょに、僕たちの幸福をうれしく思いました。文ちゃんも一しょに、うれしく思って下さい。

最後に、八洲《やしま》さん（編集部注：文の弟）と、三人で停車場へ行く途中で、女の人がすれちがう時に、相手を偸《ぬす》むようにして見る話をしたでしょう。あの時文ちゃんがそうしないと云ったのが又、うれしかったのです。これは皆世間の人から見たら、つまらない事をうれしがっていると思うような事かも知れません。しかしそう思うだけ、世間の方が堕落しているのです。人間の価《ね》うちはつまらない事で一番よくわかります。大きな事になると、誰でも考えてやりますから、そう露骨に下等さが見えすきません。しかしつまらない事になると、別に考えを使わずにやります。云いかえると、自然にやります。そこでいくら隠そうとしても、その人の価うちが知らず知らず外へ出てしまうのです。だからその人の価うちがわかると云う点から云えばつまらない事は、反ってつまらない事ではありません。僕は今までに、そう云うつまらない事から曝露される男の人や女の人の下等さを、いやになる程見て来ました。そうしてそう云う人間が、鼻につく程しみじみいやになってしまいました。世間には実際そんな人間がうじゃうじゃ集っているのです。

お互に利巧ぶらず、えらがらず、静に幸福にくらして行きましょう。そうする事が出来たら、人間としてどの位高等だかわかりません。

この頃はいろいろ、持つべき家の事を考えています。どうせ貧乏人だから、碌《ろく》な暮しは出来ませんよ、よござんすか。

風が吹いて、海が鳴っています。松も鳴っています。月夜ですが、雲があるので、光がさしません。電燈には絶えず、虫がとんで来ます。ここまで書いたら、やっと少しさびしくなりました、お母様によろしく。先日の御手紙のお礼をよく申上げて下さい。それから休み中に一度上りたかったのですが、忙しかっ［ママ］てそれも出来なかった御詫も、序《ついで》に御伝え下さい。こないだ八洲さんから、絵はがきを頂きました。その字が去年一の宮で頂いた絵はがきの字にくらべると、非常にうまくなっていたのに大に感心しました。これは実際大に感心したんですから、文ちゃんからよくそう云って下さい《略》

9月5日　鎌倉より

手紙が行きちがいになりました。

今文ちゃんの手紙を見ましたから、又これを書きます。

夏目さんの話（編集部注：夏目漱石の長女の婿に芥川がふさわしいと、漱石の弟子たちが話していたことを指す）は誤解の起り易い話だから、僕は誰にも話した事がありません。唯兄さんにだけは、前から何も彼も話し合っている仲なので、その話をしました。そうしてその話は誰にも（勿論お母さんや文ちゃんにも）黙っていろと云いました。そんな事を僕が得意になっているように思われるが嫌だったからです、それを話してしまったのは、兄さんが悪いのです。

今度あったら小言を云ってやります、約束を守らないのは甚《はなはだ》いけません。

夏目さんの方は向うでこっちを何とも思っていない如く、こっちも向うを何とも思っていません［以下削除］

僕は文ちゃんと約束があったから、夏目さんのを断るとか何とか云うのではありません。約束がなくっても、断るのです。

文ちゃん以外の人と幸福に暮す事が出来ようなぞとは、元より夢にも思ってはいません、僕に力を与え、僕の生活を愉快にする人があるとすれば、それは唯文ちゃんだけです。だから僕には文ちゃんが大事です。昔の妻争いのように、文ちゃんを得る為に戦わなければならないとし［た］

ら、僕は誰とでも戦うでしょう。そうして勝つまではやめないでしょう。それ程に僕は文ちゃんを思っています。僕はこの事だけなら神様の前へ出ても恥しくはありません。僕は文ちゃんを愛しています。文ちゃんも僕を愛して下さい。

愛するものは何事をも征服します。死さえも愛の前にはかないません。

僕が文ちゃんを何よりも愛していると云う事を忘れないで下さい。そうして時々は僕の事を思い出して下さい。僕は今みじめな下宿生活をしています。しかし文ちゃんと一しょになれたら僕は僕に新しい力の生まれる事を信じています。そうすれば、僕は何も怖いものがありません。唯、僕は文ちゃんが僕の所へ来たら、文ちゃんのお母様が嘸《さぞ》さびしくおなりだろうと思います。そうしてそれがお気の毒です。文ちゃんもそう思うでしょう。僕はそれがほんとうにお気の毒です《略》

9月13日　鎌倉より

拝啓
この前の私の二通の手紙はとどかなかったのではないでしょうか。
実は文ちゃんの手紙が来るかと思って、心まちに待っていました。私の手紙がとどかなかったか、文ちゃんのがとどかなかったかと思って、少し心配しています。

私は近い中に、横須賀の方へ転居するつもりです、(今週中に) ですから、転居先がわかるまでは、田端の方へ誰の手紙でも貰う事にしています。もし書けたら書いて下さい。そうしないと、さびしい。

星月夜鎌倉山の山すすき穂に出て人を思ふころかも

9月19日　横須賀より

拝啓
手紙を難有う。一昨日東京でよみました。何だか催促をしたのが、少しすまないような気がしています。
学校と小説と両方一しょじゃ、実際少し仕事が多すぎます。だから将来は、一つにする気もありますもありますじゃない、気が大にあるのです。勿論一つにすれば、小説ですね。教えると云う事は、一体あまり私の性分には合っていないのです。希望を云えば、若隠居をして、本をよんだり小説を書いたりばかりしていたいんですが、そうも行きません。が、いつか行かそうと思っています。
文ちゃんは何にも出来なくっていいのですよ。今のまんまでいいのですよ。そんなに何でも出来るえらいお嬢さんになってしまってはいけません。そんな人は世間に多すぎる位います。

赤ん坊のようでお出でなさい。それが何よりいいのです。僕も赤ん坊のようになろうと思うのですが中々なれません。もし文ちゃんのおかげでそうなれたら、二人の赤ん坊のように生きて行きましょう。

こんどの家は、お婆さんと女中と二人しかいない家です。横須賀では可成《かなり》な財産家だそうです。僕の借りているのは、二階の八畳で家は古くても、落着いた感じのする所です。お婆さんは大分耳が遠いので、話をすると必とんちんかんになります。今朝も僕が「もう七時でしょう」と云ったら「ええ、じきこの先にございます」と云いました。七時を何と間違えたんだか、いくら考えて見てもわかりません。

横須賀の方が、学校には便利ですが、どうも所があまりよくありません。だから家は鎌倉にある方がいいだろうと思うのですが、どうでしょう。横須賀にいると、いろんなおつきあいや何かがうるさいですよ。どうもおつきあいと赤ん坊生活とは両立しそうもありません。僕はつきあい下手《べた》ですからね。《略》

9月28日　横須賀より

《略》僕が高輪へ行くよりも文ちゃんの方で田端へいらっしゃい。月曜日の午後学校のかえりに来るんですね。そうすると僕が横須賀へ帰りかたがた、ちゃんと高輪まで送ってあげます。

これは僕が発明したのだが、中々うまい計画でしょう。

それから僕の所へ来たからって、むずかしい事も何もありゃしませんよ。あたりまえの事をあたりまえにしていさえすればいいんです。だから文ちゃんなら、大丈夫ですよ。安心なさい。いや寧《むしろ》文ちゃんでなければうまく行かない事が沢山あるのです。大抵の事は文ちゃんのすなおさと正直さで立派に治ります。それは僕が保証します。世の中の事が万事利巧だけでうまく行くと思うと大まちがいですよ、それより人間です。ほんとうに人間らしい正直な人間です。それが一番強いのです。この簡単な事実が、今の女の人には通じないのです。殊に金のある女と利巧な女とには通じないのです。だから彼等には、幸福な生活が営めません。そんな連中にかぶれない事が何よりも必要です。

僕もほしいものが沢山あるのでこまります。とれる金を皆本にしても、まだよみたい本や買いたい本があるのですからね。が、これは何時まで行っても際限がなさそうです。一しょになったらお互に欲しいものを我慢し合って、両方少しずつ使うのですね。競争で買っちゃすぐ身代限りをしてしまいます。

時々思い出して下さい。そうしないと怒ります。　頓首

四、萩原朔太郎の章

詩人たちの熱狂

近代の代表的な詩人たちは、感情表現がかなり強烈だ。それは詩作に限った話ではなく、実生活からしてどこかおかしい。友人にからみ続けた中原中也はその代表だが、日本の近代詩を確立したと評される萩原朔太郎も、負けず劣らずの感情的な人間である。

朔太郎の感情表現はかなりストレートだ。19歳の時に妹の友人エレナ（洗礼名、本名ナカ）に恋心を抱き、彼女が嫁いでも10年近く好意を示し続けた。しかし、酒の勢いでエレナの家に押しかけると旦那を恐喝。さらにはエレナ宛ての手紙を彼女に投げつける失態を犯し、非常に後悔している。

そんな朔太郎が、エレナと並んで好きだと告白した人がいる。詩人の北原白秋、男である。

白秋は朔太郎のひとつ年上だが、旧制中学校時代から詩才を認められ、24歳で発表した『邪宗門』ですでにスター詩人として名を馳せていた。朔太郎は、そんな白秋が主宰する雑誌「朱《ザン》欒《ボア》」に詩が掲載されて27歳でデビューした。そのためもあってか白秋へのあこがれは強く、交流が始まると熱烈な手紙を幾度も送っている。

白秋も負けてはいない。朔太郎への返信は落ち着いているが、人妻・俊子への想いはインパクト大。当時は不倫した妻と相手を夫が訴えられる時代で、ふたりは関係を疑われて捕まり、一時収監されてしまう。しかし、保釈後に俊子から手紙が届くと、白秋の想いは一気に爆発。手紙でのやり取りを重ね、数カ月後の１９１３年５月、ふたりは結婚した。

【右】萩原朔太郎

エレナの旦那に恋心がばれたのは、「朱欒」掲載の翌年、28歳のとき。直後には友人や白秋への手紙で「ピストルで自殺したい」と後悔している。不倫関係にあったわけではなく、あくまであこがれの女性としてエレナを慕っていたようだ。1914年に発表した「岩魚」という詩の副題は、ずばり「哀しきわがエレナにささぐ」。他にもエレナを想って詠ったであろう詩は少なからず残っている。エレナに会えず苛立つこともあったが、そんなときは白秋に手紙を送り、寂しい気持ちを伝えている。

【左】左から萩原朔太郎、北原白秋、尾山篤二郎

1915年1月、萩原邸に北原白秋が訪れたときの写真。尾山は白秋を追いかけてきた。俊子との姦通事件が起きたのは、この3年ほど前の1912年7月。収監から2週間で保釈され、示談が成立したが、白秋が受けた傷は大きかったようだ。

萩原朔太郎から北原白秋への手紙
――あこがれの歌人が好きすぎる

1914（大正3）年　28歳

10月24日（推定）

北原白秋様

わずかの時日の間にあなたはすっかり私をとりこにされてしまった、どれだけ私があなたのために薫育《くんいく》され感慨されたかということをあなたには御推察出来ますか、朝から晩まであなたからはなれることが出来なかった私を御考え下さい、一日に二度も三度も御うかがいして御仕事の邪魔をした私の真実を考えてください、夜になれば涙を流して白秋氏にあいたいと絶叫した一人のときの私を想像してください、

真実心から惚れた人北原隆吉《りゅうきち》様まいる手紙だ、文字に誇張はありませ

※朔太郎の書簡は誤字脱字や異体字が多く読みにくい部分があるため、明らかな誤りは訂正しています。

ん、私はあなたを肉親以上の母と思う、私は可成《かなり》いろいろな人につきあったが不幸にして心から惚れた人はありませんでした（好きな人は多いが）室生君は始め僕に悪感をいだかせた人間ですが三ケ月の後にすっかり惚れてしまいました、今では室生君と僕との仲は相思の恋仲である、こんな人はもはや二人とはあるまいと確信して居たのがあなたに逢ってから二度同性の恋というものを経験しました、恋といっては失礼かも知れないが、僕があなたをしたう心はえれなを思う以上です、万有をこえて涙を流すものに合掌するものに真実を認めてください、

嘗《かつ》てあなたの芸術が私にどれだけの涙を流させたか、その涙は今あなたの美しい肉身にそそがれる、真に随喜の法雨だ、身心一所なる鶯《うぐいす》の妙ていだ、私の感慨は狂気に近い、かんべんして下さい、あなたをにくしんの母と呼ぶ、

十八日、晴明のヴェランダ、安楽椅子のうえ、赤い毛布の夢みる感触、なにか哀しく私は泣いた、双手で顔を蓋《おお》って居たけれども涙はとめどなく頬に流れた、烈しい憤怒ののちのものまにや性の哀傷、くるめく奔

北原隆吉　白秋の本名。ペンネームは旧制中学校時代、回覧誌『蓬文』を出したときにつくった。あたまには「白」の字を、下にはくじ引きで出た「秋」の字をということで、「白秋」になったという。

室生君　室生犀星（むろう・さいせい）のこと。朔太郎の詩が掲載された「朱欒」に室生の詩も掲載されていた。その詩を読んだ朔太郎は感動し、文通を通じて交流を深化。初対面の印象は悪かったものの、しばらくすると打ち解けてふたりは唯一無二の親友となった。

狂の懸魚《げぎょ》は胸いっぱいに泳ぎまわった、光る天景、うらうらとはれわたった小春日の日光、みどりの松の葉、《略》
　私はあんな快よい、そして哀しい思をしたことは今までに一度もない、私は哀傷にほとんどたえられなくなった、心中ひそかに、あなたが私のそばに立寄れ〔ら〕んことを怖れて居ました、若し椅子のそばにあなたが来られたならば私の哀傷はあなたの手を涙に汚して醜い絶叫と変じたに相違ありません、

　涙によごれた泣顔をあなたや河野君に見られるのが気まりが悪かったために逃げるようにして御宅をとびだしました、然《しか》し坂下町の通りに出ると二度涙がこみあげて来た、私は往来を歩くにどれだけ気まりのわるい思いをしたかわからない、うつむいて眼をこすりながら、あてもなくもあの辺の寂しい通りを歩きまわりました、番町の親戚へつくと同時にいそいで湯殿へとびこんで顔をあらった、
　祖父さんのとめるのを無理にふり切っても、あの晩はあなたに逢わずには居られなかった、その日以来、あなたはほんとうの私の恋人になって

河野君　白秋門下の歌人・河野慎吾のこと。白秋が創刊した「地上巡礼」などの雑誌に参加していた。

しまいました、

広川君と二人で麹町のレストランであなたの御噂をしながら感慨の涙にむせんだことを御推察下さい、あなたと最後にあったあの前の晩のことを忘れないでください、

しまいには御宅を訪問するのがきまりが悪くてたまらなくなりました、あまり度々なものですから、それに私は内気でおく病ですから、妹さんとばあやさんにはとんだ御迷惑をかけました、

はじめ私はあなたをどこかこわい人だと思った、今ではなつかしくてたまらない人だ、逢いたい、逢いたい、

私はきちがいだ、あまり一本気にすぎる、そのくせおく病だ、憎い奴は殺さなければ気がすまない、好きな人は抱きつかなければ気がすまない、僕はここに居ます、

朔太郎

十月二十四日《略》

広川君　染色家で書籍の装丁も務めた広川松五郎のこと。朔太郎より三歳年下で、この頃は東京美術学校の図案科を卒業したばかり。１９２５年にはパリ万国装飾美術工芸博覧会で銀賞を獲得し、そののちは母校で教鞭をとるなどして、工芸美術の発展に寄与した。

10月24日

巡礼の編集すんだらすぐ前橋にきたれ、
まって居ます、
まって居ます、
僕はひとりぼっちだ、

二十四日夜　　　　　　　　朔太郎

10月28日

あなたはひどい、よっぱらったときばかり手紙をかくとは狡猾だ、私がよって書いたのはたったいっぺんです、あしたの朝はやく正気で手紙をかいてください、僕は困ります、どうにも仕方がないんです、僕は実際バカです、バカの大将です、僕にはほんとに酔うことが出来ないんです、エレナの奴は手紙をやっても返事をくれないんです、北原さん、僕んとこへ来てください、やっぱり女より男がいい、男の方がすきだ、僕は哀しくて仕方がないんです、あした朝一番で前橋へきてください、僕は少しもよって居ません、本気です、

巡礼　白秋が創刊した雑誌「地上巡礼」のこと。

※10月28日に朔太郎が白秋へ送った書簡は、あと4通ある。さびしい、白秋に会いたい、早く来てくれなど、白秋に甘える文面が目立つ。

《萩原朔太郎から北原白秋への手紙》

11月7日

今夜高崎へ《［で］》エレナに逢った、口笛を吹いたけれども出て来ない、二時間あまりも家の前で様子をうかがったけれども要領を得ないので引きあげました、いま高崎柳川町、菊のバア（原名喜笑亭）で飲んで居ます、癪にさわってたまらない、エレナとも絶交だ、

あなたは男四人に惚れられて憔悴の由、僕もその一人です、僕は併し浮気ものではありません、一たん惚れたら生命がけです、室生とあなたに朔太郎の身命をささぐ、

　七日夜、

11月8日

ゆうべあれから大へんなことをしてしまいました、また未練にもエレナに逢いに行ったのが失敗のもとです、今朝あたりはエレナの家で大騒ぎをして居るにちがいない、悪くすると私はもう郷里に居ることが出来なくなるかも知れない、ああもう考えると苦しくなる、死にたい、ピストルで一発ずどんとやりたい、私はエレナのハズに本名を知らした、長い間秘密

エレナのハズ　ハズはhusband（夫）のこと。エレナの夫である佐藤医師にエレナへの想いがばれてしまったと落胆している。

にして居た二人の交歓もこれて［で］おしまいだ、酔っぱらったとは言いながら何という馬鹿なことをしたものだ、死にたい、死にたい、

1915（大正4）年　29歳

1月14日（推定）

《略》△銀座からフイに小生に逢いたくなって来られたという事をきいたとき、あなたに抱きつきたいように思った。何といっても二日や三日では帰さないと思いました。

△一所に銭湯に這入った日からあなたの気分がぜんぜん私の気分を支配して行くのを感じた。何ともいえない法悦のよろこびが私の血管に沁《し》みわたって行くのを覚えた。《略》

△あなたに対するとき一種妙な気分になる、母にあまたれる駄々ッ子のようでもあり、恋人同士の痴話狂いのようなものである。赤城亭《あかぎてい》のときのもこの感情のばくはつでした。妙に甘たるい、それで居て神経質な情愛です。（あなたにとってさぞ御迷惑なことでしょう。）

赤城亭　朔太郎がよく通った前橋の牛肉屋（西洋料理店）。朔太郎の詩にも登場する。

《萩原朔太郎から北原白秋への手紙》

以前、東京で河野君とやった一件も実はこれと同じものです。あの時の対象物は実は河野君でなくてあなただったことをあとで自覚しました。あなたに対する名状しがたき（少し気狂じみた）愛慕の情が、偶然河野君を中間に置いてあなたの前でばくはつしたのです。河野君こそ実にいいめいわくをしたものです。考えると河野君には気の毒でもあり滑稽でもある。

僕の病的な性癖を惨酷にひきずり出す大兄をこわいと思います。若しも貴下がある好奇心をもって私を狂死させようと思わるるならばそれは容易に実行されることでしょう。東京でこのまえにあったとき私はあなたをこの上もなくなつかしい人だと思い同時にこわい人だと言いました。

△あなたと私とは官能のだれよりも鋭どい点に於て一致して居る。併しその外の点に於てたいへんの相違がある。然るに私がだんだんあなたに引きつけられて行くことを不思議に思う。あなたのポーとしたところがたまらなく好きなんです。（私自身に欠乏して居るものを要求するためなのでしょう。恐らくは）《略》

※その後も自分のテーマに悩みながら詩作を続けた朔太郎。そして1916年に発表した詩集『月に吠える』が高い評価を受けることとなる。この頃から白秋への傾倒は落ち着きを見せるようになり、人間関係でいえば室生との友情のほうが濃厚になっていった。

北原白秋から福島俊子への手紙

――朔太郎からの気持ちをよそに女性に熱中する白秋

◆朔太郎から倒錯した感情をぶつけられても、白秋の返事は淡々としていた。しかし、白秋が冷めた人間だったかといえば、そうではない。朔太郎に出会う数年前から、既婚者の福島俊子と激しい恋愛関係に陥っていたのだ。俊子の夫から訴えられて離れ離れになるものの、1912年の冬、俊子が白秋へ手紙を送ると恋は再燃する。離婚後、俊子は横浜の外国人ホテルのバーで、リリーという名で働いていた。バーで人気者となっていた俊子に白秋は苛立ち、嫉妬にかられた返事を送るが、同時に熱のこもった口説き文句もちりばめている。

1913（大正2）年　28歳

3月11日

世の中も恋人も名も芸術も棄てて了《しま》おうと思った私に、今さら何をお前は訴える。

お前を突き殺したとて何になろう、私はたった一人、ひとりぽっちで、さびしい道を歩むつもりでいた。

お前は私がいじめるというが、誰がかよわいお前をいじめる、みんなお前の心から、而《しか》して私の心から、二人が二人悲しい思をするようなハメに堕ちてゆくのだ。もう何にも云っておくれでない。私は胸がはりさけそうだ。あんな手紙は書いても、一秒一刻たりとも憎いお前を案じない事はない。

酒、酒、私はもうムチャクチャに酒を飲んであるいている。怪しい女の処へも走った、市河へも行って見た、淋しい淋しい橋の上から冬枯の山や林や行徳ゆきの小蒸汽を見た時はしみじみ涙が流れた。もう桜が咲く、去年の今頃は——

お前が捨てられるようならこんな苦しい思はしない筈だ。

私はお前を疑った、一生の恋人を撰《えら》み損ったかと残念だった、もうもう口惜しい世の中に男の意気地を立て徹す精も根も尽きはてた、こんな浮薄な人をかばって、頼りにして、意地を張って、おしまいに自分の芸術も汚し、世間から手をたたいて笑われるような恥かしい思をする事かと、お前が憎くて憎くて、情けなくて、いっそお前を見棄てて、自分もひとりで死んで了おうかとも突きつめた。毎日毎夜、私は血の涙を流してお酒ばっかり飲んでいた。

私が世間の文士のようにすれっからしな心になれたら決してこんな野暮な苦しい悲しみはせ

ぬ、苦しみはせぬ。

私はどんなどん底に堕ちても、二度三度地獄の火をくぐってもお前を労り助けてあげたいと心《しん》からかわゆく思っている。

お前にしろ、決して悪い心を持った人ではない、ただ鼻先思案の口惜しがりで、つい心を取り落す、ヤケクソも起す、軽いお調子乗りの事もやる、私はただそれが恐ろしいばっかりにお前の身のまわりを疑うのだ。お前が私を死ぬほど思ってくれる心はよく私にわかっている。お前だとて私の心は知っている筈だ。

それが時としてこういう残酷な思を二人で為合《しあ》ったり、血の涙を流すのもみんな二人の心がらだ、やっぱり二人がわるいのだ。

私だとて可愛いい可愛いいお前が一番憎い、一番腹が立つ、どうしてくれようともおもう、思うけれども、お前が病気だと思うばっかりに、何でも辛抱して、やさしいやさしい手紙もかく、労ってもあげる。

お前のいう事はみんな尤《もっとも》のようだ、それでもまだ私は半信半疑でいる。いろいろおかしい事にも気がついている。口は調法なものともおもう——が私のそう思うのがまちがったらゆるしておくれ。私はさんざん偽られたおかげでもうもうあさましい心になって了っている。

もう何にもいうのは止しにしよう。お前がお前のいうように実際信実で情も節義もある事なら私は何の絶望もするわけはない。心中の為《し》くらべ、意地の立てくらべ、お前もしっかり覚悟をなさい。長い目でお互に二人を観察し合って愛し合うより外に途がない。

何という因果同志か、悪因縁か、私はやっぱりお前がかわいい。

さめるの、すつるの、と、何のそんな事があろう、私はうわべは怒っても何時も心では泣いている、お前がふびんで、何時も何時も私はお前を抱きすくめている。誰がお前をいじめるものか。

逢い度《た》い、逢い度い――歯を喰いしばって私はお前を見まいとした。遠くへ行って了おうとも思った、それでもやっぱり心はお前のところへ飛んでゆく。

苦しい、苦しい日が十日も二十日も続いていった。いや、百年も千年もたったような気がする。私はもう気が狂いそうだった。

今朝は今朝で、戸をトントンたたく奴がある。百合さん（編集部注：俊子のこと）が急病だからすぐこの俥で来て下さいという、ハッと思うと眼がさめた、そうしたらすぐお前の手紙がやって来た。お前はどうかしたのでないか。

もう何にも言わないがいい、お前は安心して養生をおし、私はどうにでもして薬代位はみついであげ度い、それが男の役だとは思うが、金に縁のない私、不甲斐ない詩人の気楽さが恥かしい。

嘸《さぞ》、お前も世間知らずの私が我儘《わがまま》とも残酷とも思うであろう、私が悪かったら何でもゆるしておくれ、私は何事も知らないほんとの王様だから。私はただ真正直な心で真正直にお前をいとしがったり、侮ったり、怒ったり、憫れんだりしているのだ、私の心だけはお前も買っておくれ。

お前もふびんな人、私もこのような甲斐性なし、二人はやっぱり二人だけで、何処までも抱き合って、進んでゆくより仕方がない。

病気はキットなおる、私の思だけでもなおして見せる。若し一人が死ぬようだったら私だとて決して生きてはいない。お前はほんとに仕合《しあわ》せものだ。

私を太陽のように崇めたり、神様のように拝んだり、涙を流して私の芸術に縋《すが》るものはあちらこちらにあるけれども、思う存分私に駄々をこねたり、甘えたり、怒ったり、恨んだりする人はたったお前一人、そのお前が何が不足で私からかりにも離れようとした、何で私を憎いとおもう。

お前はやっぱりかわいい栗鼠《りす》の児だ。

俊子さん、もう泣かないで私の方へ元のように帰ってお出で、私の美しい大きな眼を御覧なさい、何時もお前をかわいいと睨んでいるではないか。

俊子、俊子、私は今夜はどうかしている、まるであやしい夢でも見てるようだ。　隆

わがとし子に《略》

五、石川啄木の章

ろくでもない啄木

作品は素晴らしいのに、人間としてはどうしようもない――。それが石川啄木である。

26年という短い生涯ながら、19歳の時に郷里の盛岡で発表した詩集『あこがれ』が与謝《よさ》野《の》鉄幹《てっかん》らから高く評価され、天才詩人の名をほしいままにした啄木。だが、生活力はまったくなく、ろくでもないエピソードは数多い。

家族がいるのにろくに働かず、金が手に入れば酒や女ですぐに浪費。友人の働きかけで就職しても無断欠勤を繰り返してついには仕事を辞め、友人から借りた金は、当然のように踏み倒した（もっとも、金を貸した友人の中には、初めから返されるとは思っていない者もいた）。

注目したいのは22歳のとき、啄木が小説家を目指して上京し、知人らの援助を受けて単身生活を始めた頃のことだ。妻と母、子どもは前に勤めていた北海道に置いてきた。この時期は家族にばれないのをいいことに、浅草の遊廓通いをはじめ、演劇界で知り合った植木貞子を家に呼び込んだり、北海道時代にひいきにしていた芸者小奴《こやっこ》に会ったりと、女遊びが盛んになっている。

大分に住む菅原芳子《よしこ》との文通も、この時期に始まった。詩歌雑誌「明星」の撰者だった啄木が、芳子の歌を選んだことがきっかけだ。文通は歌の添削が目的だったが、啄木は芳子自身に興味を持つようになり、熱烈な恋文を送るようになる。しかし本章で紹介するように、啄木らしい理由で文通は下火になっていく。

【左】親友・金田一京助（左）と写る石川啄木（右）

金田一は、啄木が盛岡高等小学校に通っていたころの４歳年上の先輩。啄木に詩歌雑誌「明星」を紹介し、詩の魅力を気づかせた張本人。啄木が文学で生計を立てることを目指す一方、金田一は勉学を重ね、東京帝国大学に入学して言語学を学んでいる。この頃に上京した啄木は、金田一の下宿にたびたび姿を現すようになり、遊びに誘ったり借金を催促したりした。

【右】妻・堀合節子（右）と啄木（左）

盛岡中学校時代の啄木は、周囲の反対を押し切って19歳で節子と結婚した。節子は啄木の文学的成功を信じており、夫に献身的だった。だが、啄木は家族を支えるだけの生活力がなかった。金が手に入っても風俗店で使い切ることがしばしばで、姑との関係で節子が悩んでも、ろくに助け舟を出さない。いいがかりや暴力で彼女を傷つけることもあった。そんな生活に嫌気が差し、節子は一時期、啄木に冷たく接している。たが、啄木の死が近づくと態度を改め、死後は夫の遺稿を整理。おかげで啄木の日記や手紙など、多くの資料が今日に残ることとなった。

石川啄木から菅原芳子への手紙

——文通相手に猛アタック

1908（明治41）年　22歳

7月21日【現代語訳】

いとおしき芳子の君。

今朝、まだ夢から覚めやらぬ中で寝がえりをうったのは、八時半頃だったでしょうか。ふと、枕の近くにあなたのお手紙を見つけた時のうれしさを、お察しください。手にとってあちこちを見て、しばらくは封も切らず、開けてはいけない玉手匣《たまてばこ》を拾ったように、ものの十分間ばかりも夢現の中にいるような、うれしい思いをしておりました。その思いは、力ある柔かい腕に抱かれた心地にも似ているでしょう。暗い気持ちばかりで過ごしてきた今日この頃、このような喜びと安心を味わわせていただいた点を、まず感謝いたします。

あなたの歌は、どうしてこんなにお優しいのでしょう！　目の前の文字を疑い、わが心の怪しいときめきを疑ってから、長いお手紙を顔に覆い、言いようもないいとおしさがもとで、お手紙に残る墨の香りを嗅いでしまいました。

《略》もしできることなら、少しでも上京なさることを切におすすめいたします。立ち入った話でございますが、旅費の外は一ヶ月12～13円もあれば間に合うことと思います。この夏にでもお出になってはいかがでしょうか。とは申しながら、やはりあなたは東京にお出にならない方がいいとも考えます。そして心の底の底には、何ということもなく、あなたとは一生の間お会いすることなく死んだ方がよいような気もいたします。このような怪しい心地がいたしますのは、なぜでしょうか？　君。いとおしい君。小生は今卒直にこの心を申上げる方が、小生自身のために安心するように思っております。

君、小生は今月に入ってから、ほとんど何も書いておりません。時間があるときに二つ三つ歌を詠むぐらいです。別に病気があるわけでもなく、また書けば書くべきことが沢山あるにもかかわらず、ついに何も書かないのです。これをただ小生が怠け者であることに帰するのは、あまりに不本意です。一口に言ってしまえば、今小生にとって深く興味を引くものは、一つもありません。小生には、卒直に思うままを言えば、ありあまるほどの才能があります。自らの使命としている文芸の上においても、書きに書きさえすれば、名もなく埋もれ果てることは、万一にもないと深く信じるところであります。しかしながら現在の小生にあっては、名と富と幸福と、それらは皆ほとんど土芥《どかい》に等しいのです。何を見、何を聞いても、要するにツマラヌものとのみ、思われるのです。雑然とした人生は、ある者にとっては永劫の悲しみがあるだけです。つまり小生は今、生命そのものに倦《う》み果てたもののようになっているのです。こうして小生の心には、死の妄想が執念深く日夜離れることがありません。西氏自殺のことをお手紙にて読みました時の心地、お察し下さい。このような境遇にあって、何という理由もなくあなたのお名前、まだ見たこともないあなたの名前だけが、何か温かい響きを以て胸の底にひびいております。一日でもあなたのことを思わない日はありません。

弱い弱い涙もろい女ですと、あなたは書かれていますね。小生は男ですから、あなたよりは強いといえます。そう、強き強き、なかなか涙を流さない男でございます。しかしながらこの強き私の半生には、泣くようなことばかりが多いのです。まことに多いのです。そして小生は、いまだに心の底の底を語って、心から共に泣きたいと思う人に逢ったことはないのです。弱き弱き涙もろい君、小生がやるせない人生の倦怠にいて、初恋の日のような心地をもってあなたの手紙を見、あなたの名前を心に呼ぶことをお許しください。

これ以上書くのはやめましょう。君！　君と相会う日がもしあれば、それは小生にとって幸福とも不幸とも判断しかねますが、あなたにとってはこのうえない不幸になるでしょう。芳子の君、何卒時々お手紙を賜りたく、歌をお読みになった時はぜひお見せ下さい。まだ見たことのない君、もしあなたのお写真一枚お恵み下されば、どれほどうれしいことでしょうか！

七月二十一日　　　　　　　　　　　　　　　　啄木

よし子様　御もとへ

人に頭を下げたことのない小生が、あなたに憐れみを乞うような心地で書きましたこの手紙、もしお心に障りましたら、何卒焼き捨ててください。

8月10日　菅原芳子宛【現代語訳】

《歌の添削ののち》さて君、この頃の私の思いを、何と申せばよいでしょうか。いとおしいのです。ただいとおしいのです。お手紙を夜な夜な取り出して枕の上で繰返し読む毎に、ただただ、まだ見ぬあなたがいとおしいのです。まだ見ぬ人であるがゆえに、かえっていとおしいのでございます。

恋しいのです、君。

このように申しますと、あなたはあるいはお怒りになるでしょうか。否、見もしない男の見えない恋、あなたはただ柳に風と心に留められないことでしょう。切に切にそうあることを祈ります。静かで安らかなあなたの心の海、私の言葉のために少しでも波風の立つことは、私の決して願わないところでございます。ただ、私が自由にあなたを思うことだけは、私の権利として何卒お許しください。

何事も包み隠さず申し上げます。私には老いて髪の白い父母があり、それればかりか、外の人ならまだ学園を歩き回るぐらいの年齢で、妻もあれば当年二つになる子もあるのです。子としては親不孝の子、夫としては頼りにならない夫、父としてはさらにさらに甲斐なき父！

私の心は、生れ落ちた日に、まず翼を切られて籠に入れられたようなものです。日に夜にあの青空に飛ぶことだけ想って、しかもついに永劫に飛ぶことのできないもの、すなわち、それが今の私の境遇でございます。

《略》私があなたを自由に思うことだけは、何卒お許し下さい。その外に私の願うところはございません。私を兄と呼ぶと仰ることやお歌で年は二十歳であるかと想像いたしますが、もしそうであれば、私はあなたより三歳年上の兄です。何とでもあなたの思うままにお呼び下さい。ただし私は、妹とは申しません。一生の間、最も清く美しき恋を許したまだ見ぬ人として、常に楽しく思い出そうと思います。《略》

十日夜

恋しき芳子さま　御手許へ

8月24日　菅原芳子宛【現代語訳】

《略》君、わが恋しき君、私たちはなぜ相見ることが叶わないか、これは私がこの頃の夜ごとに、枕にいつも繰り返す疑問です。君、どうして君と逢うことができないのか。私は君にこんなにも恋をしているのに、なぜお逢いしてこの心を語ることができないのか、こんなに恋をしているのに、なぜ親しく君の手を、あたたかき手をとってその黒髪の香りを吸い、その燃える唇に口づけすることができないのか！　さらに、私はこのように身も心も火のごとく燃えているにもかかわらず、なぜあなたの柔かい玉の肌を抱き、その波うつ胸に頭を埋めて覚めることなき夢に酔うことができないのか！　接近を欲するのは恋の最大の要求です、別れて暮らす人に誰が逢うことを願わないでしょうか。すでに相逢っていれば、君よ、抱き合わずにはいられません。御身よ、遂に私の心は乱れてしまいました。こんな私の言葉を見てあなたは恐らく私が狂ったのではないだろうかと疑いなさるでしょう！　あなたはただ、私を遠い地に住む兄と呼びなさる、淡いお考えのお人なのですから。

空を仰いでみてください、月は常に日を追って走り、しかも永遠に相逢うことはありません。

君よ、我らはいよいよあの月と日のようになるのでしょうか、ああ、相見ることすら叶わぬ恋にこうも心が乱れる私は、どれほど愚かでございましょうか。君はすでに私の境遇をご存じです。冷ややかな君は私を憐れだと思われるに違いありません。

あなたはこたびのお手紙で、詳しく故郷の美を説かれています。自分の故郷を地上唯一の楽土と思わない人がいるでしょうか。故郷を愛するほど清く美しい心はないでしょう。しかもあまりに乱れた私の心は、あなたのあまりに清く美しく、そして静かなること朝の海のごとき様子を見て、何ともない不満まで生じてしまいます。

恋とは美しき偽りを語り合うことであると、私はかつて思っていました。美しいといえども偽りは偽りです。私は偽りを憎みます。私はこの頃このように感じ、このように思い、このように燃えたために、あなたが恐れることを知りながら、遂にこのような手紙を書いてしまいました。君よ、なぜ一日も早く君の写真を送ってくださらないのでしょう。逢いたい気持ちを耐えられない夜、君と抱きあって一夜でも深い眠りに入りたいと思う夜、私はその写真を抱いて一人寝をしますものを。

八月廿四日　雨の室にて

乱れたる心をもって　啄木

恋しき芳子さんへ

《略》○どうぞ写真一枚下さいな。芳子さん。

◆これ以降も、啄木は芳子に対して恋の歌を送り、さらに写真を送るようたびたび要求した。その甲斐あって10月2日、芳子から写真が送られてきたのだが……。

芳子の写真を受けとった日の日記

——一気に冷める啄木

10月2日

筑紫から手紙と写真。目のつり上った口の大きめな、美しくはない人だ。

10月10日

写真が来てから返事を出さないでいるので、筑紫へ簡単な手紙を出した。

11月15日

豊後臼杵なる平山良子という女——芳子の友——から手紙、御光会《みひかりかい》の詠草《えいそう》を直してくれと言って送って来た。二十四になる独身の女だと。

《芳子の写真を受け取った日の日記》

10月2日、啄木のもとに芳子から念願の写真が届いた（筑紫は九州のこと）。右はその写真を見た啄木の感想。芳子の顔が思っていたような美人ではなく、一気に冷めたようだ。これ以降、啄木が芳子へ手紙を送る態度は、あからさまに変化する。手紙の返信ペースが遅くなり、熱烈な調子は次第に下火に。ときには熱が入ることもあったが、恋の歌を送るといった行動はとらなくなる。

そんななかで11月15日、啄木のもとに「平山良子」という女性から手紙が届いた。芳子の短歌仲間で、二人が所属する御光会《みひかりかい》の詠草を直してほしいという。年は24歳で独身。啄木はさっそく返信を書き、あわせて写真を送ってほしいと頼んだ。

それから数日経つと、啄木のもとに良子の写真が届いた。その日の啄木の日記にはこうある。

「平山良子から写真と手紙。驚いた。仲々の美人だ！」（11月30日原文）

良子の美しい容貌に驚いた啄木。これ以降、啄木は芳子そっちのけで良子に熱をあげる。12月5日には「我が机の上にほほゑみ給ふ美しき君」から始まる長文の手紙を送付。年明けに送った手紙では、東京に来るよう誘っている。さらには芳子に対して、良子がどんな人物なのか手紙で尋ねたりもした。

翌年の1月15日、芳子から待望の返信が来た。その日の啄木の日記にあるのは「菅原芳子から手紙、平山良子は良太郎という男だと言ってきた」という文言。そう、良子は男で、啄木ファンが性別を偽って手紙を送っていたのだ。当然写真も良太郎ではなく、関係のない芸妓のもの。この日から、啄木から芳子と良子への恋文は送られなくなった。

石川啄木から平井良子への手紙

——知らずに男を口説く啄木

12月5日　平山良子（良太郎）宛【現代語訳】

君。わが机の上に微笑《ほほえ》まれる美しき君。

《略》君は若い女であり、私は若い男でございます。若くして貧しい私は、日毎に物思う暇《いとま》もなく打ち過ごしておりますが、若さゆえにさびしく、市を歩く時もさびしく、筆をとる時も寂しく、青春の血が燃えるような友と語る時は、ことさらにさびしい思いです。

《略》さて君よ、待ちに待ったこの写真を初めて手にとった時の私の驚きと喜びとを、心のままにお察しください。

あからさまに言えば、君の目は私を竣《そその》かすようで、君の口は、何事か私が待ち受けることを言おうとなさっているように感じます。時によっては、酔ったような好春の心が私を襲います。

君は若い、しかし、思うに君は世の常の夢見る人ではなく、すでに多少人生の味わいを解されている人でしょう。私もまたそうです。であれば、私たちは世の常である夢のような、謎めいたことだけを語り合うことはいたしますまい。それは偽りです。私たちの交わりはロマンチックの時代のそれと同じであってはいけません。君、私たちは互いに思うままに言いましょう。兎のような子どもらしい羞恥は、なんともどかしいことでしょうか。

私は君をこよなく美しい人だと思っています。このような人と華やかな電燈の下で語ることを願っているのです。さてまた手をとりかわして巷を行けば、行く人々皆二人を見返るだろうと思います。そのとき君は軽く笑って私を顧みることでしょう——これが私の妄想ですよ。

君がいるところはあまりに遠いものでございます。

《略》逢う機会もない君へ

石川啄木から友人への手紙

――借金の天才の口説き方

◆啄木は芳子や良子（良太郎）だけでなく、芸妓や知り合った女性など、多くの女性を口説いた人たらしだった。その才能は、友人や親族に借金を頼む時にも、いかんなく発揮されている。啄木自ら借金のメモに残しており、総額は１３７２円50銭。現代の価値にして、およそ６８０万円にも及ぶとされる。ここでは啄木が借金のためにどのようにして友人を口説いたかを見ていこう。

１９０４（明治37）年　18歳

12月25日　東京より　金田一京助宛　【借金総額１００円】

《略》一昨日貴信に接して誠になつかしく拝見《はいけん》致候《いたしそうろう》、兄は羨ましく候、今日は二三の友の帰国を上野に送るべき日、朝来帰思《きし》動きて禁ぜず候、而《しか》

※文語体の文章における送りがなは、旧仮名づかいで表記しています。

※この頃の10月末に、啄木は詩作で身を立てるために再上京していた。この手紙を金田一に送ったときの下宿先は、牛込の砂土原。いつも金に困っており、金田一は会ったときに直接金の

して兄よ、生はこの日に於てこの不吉なる手紙を書かむ事は誠に心苦しき事に有之候《これありそうろう》、これから小石川迄《まで》ゆかねばならず候に付《つき》、取急ぎ有体《ありてい》に申上候、それハ外でも無之候《これなきそうろう》が、ああ外でも無之候が……本月太陽へ送りたる稿、〆切におくれて新年号へは間にあはぬとの事天渓《てんけい》より通知あり、この稿料（?）来る一月の晦日でなくては取れず、又、あてにしたる時代思潮社より申訳状来り、これも違算、かくの如くして違算又違算、自分丈《だ》けは呑気で居ても下宿屋が困り、故家が困つては、矢張《やはり》呑気で居られず、完《まっ》たく絶体絶命の場合と相成り申候、一月には詩集出版と、今書きつつある小説とにて小百円は取れるつもり故、それにて御返済可致候《いたすべくそうろう》に付、若し若し御都合よろしく候はば、誠に申かね候へども金十五円許《ばか》り御拝借願はれまじくや、世の中には金で友情を破る様な事も沢山有之候事故《たくさんこれありそうろうことゆえ》、これは実に何とも申しかねる次第に候、然《しか》し乍《なが》ら然し乍らこの場合はあり丈けの路を講じて見ねバならぬ場合故、面皮を厚うして申上る訳に候、御都合わるければ、その御返事丈《だけ》にて満足可致候《いたすべくそうろう》、乱筆にて御申訳なけれど、先ハ御願事迄、取急ぎ早々《略》

催促をされたこともあった。

太陽　博文館が発行していた総合雑誌のこと。

天渓　太陽の編集をしていた長谷川天渓のこと。のちに文芸評論家となる。

時代思潮社　雑誌「時代思潮」を刊行する出版社。この年の4月号には「沈める鐘」が掲載されていた。

1907（明治40）年　21歳

7月8日　函館より　宮崎大四郎宛【借金総額150円】

昨日の御礼申上候、
お蔭にて人間の住む家らしくなり候ふ此処《このところ》、自分の家のやうでもあり他人の家のやうでもあり自分が他人の家へ来てるのか、他人の家へ自分が来てるのか、何が何やら今朝もまだ余程感覚が混雑して居り候、ヘラがない、ああさうだった、といふので今朝は杓子にて飯を盛り候、必要で、足らぬものまだある様に候、否、数へても見ぬがあるらしく候、兎に角一本立になつて懐中の淋しきは心も淋しくなる所以《ゆえん》に御座候《ござそうろう》、申上《もうしあげ》かね候へど、実は妻も可哀相だし、〇少し当分御貸し下され度《たく》、奉懇願候《こんがんしたてまつりそうろう》、少しにてよろしく御座候、早々《略》

1908（明治41）年　22歳

2月8日　釧路より　宮崎大四郎宛

宮崎大四郎　函館で啄木と親しくなった歌人。号は郁雨（いくう）。啄木の一つ年上。啄木の妻・節子の妹と結婚したため、啄木にとっては義理の弟でもある。生涯啄木と親しくし、金銭的援助を惜しまなかった。宮崎のやさしさに甘えてか、啄木は彼にかなりの金を借金している。

《石川啄木から友人への手紙》

《略》白石社長は昨日出発上京の途に上った、釧路築港問題の運動の為だ。僕の月給は二三ヶ月間二十五円で我慢してくれとの事、多分四月から三十円にする事と思う。今の所経済が二つだから怎《どう》しても足らぬ、先月だけは社と社長との両方から特別に合計三十五円貰ったから小樽へも月末に二〇許《ばか》り送金した、今月は社長が留守で困る。尤も家族を呼寄せると二十五円で生計は大丈夫立つ。今まで君から助けられてる事は実際何とも云えぬよ。質の利上げをして貰った時なんか、母は涙を流して難有人《ありがたいひと》だといって居た。僕も四月からは兎も角自活（?）が出来るかと考えて居る。若しこの度の総選挙に、白石氏が起たずに別の人を立てるとすれば僕等の手にも百か二百の金は這入りそうだ。これが正確だとすれば君に迷惑でも頼んで、百なり百五十なり借金しても、妻の質をうけたり僕の衣服を拵《こしら》えたり、小借金を払って万歳を唱えるが、白石氏が起たぬと云ってるけれど若しその時になって起たれては一文にもならぬからダメだ。これも生活幻像の一つかも知れぬ。《略》

白石社長　「小樽日報」を創刊した新聞社経営者・白石義郎のこと。前年9月から小樽に住んでいた啄木はこの小樽日報の記者となるが、すぐに廃刊となってしまう。そこで白石は自身が経営する釧路新聞の編集長に啄木をすえることにした。

この度の総選挙　白石は政治家でもあり、福島県選出の衆議院議員や釧路町長などに就いていた。「この度の選挙」は、1908年5月に行われる衆議院議員選挙を指す。なお、白石はこの選挙に出馬して当選している。

1909（明治42）年　23歳

7月9日　本郷より　宮崎大四郎宛

《略》これもつい話さずに了《しま》った事の一つだが、僕は今度非常な無理をしたんだ。六月分を全部前借し、友人から借り、それでも下宿屋のアナが埋らずに大分残ったのは月賦《げっぷ》にして金田一君に保証人になって貰った。此処《ここ》を借りたに就いての費用は全く君から貰った十五円でやりくりしたのさ。それで先月の晦日は一文なし。一日から出社。二十五円今月分前借して来たが、並木君の時計をかりて質に入れておいたのを受けるに約十円、それから小借金を払い米をかい、医者（一日に社の帰りに電車から飛下りをしそくなって左の手と膝に負傷、昨日漸《よう》く包帯をとった）に払い、電車の回数券を買い、安物の僕のヒトエを買ってもう無い。下では今月分の家賃を前払いにしてくれという。米はまだ三四日あるが、炭は明日から無いとよ。イヤになっちゃった。

それで僕の仕事の方はどうかと言うと、書けぬ。毎晩書こう書こうと思ってるが書けぬ。下宿になれぬせいだろう。京子には手こずってる。そして

出社　この年の3月、啄木は知人の伝手をたどって朝日新聞社に校正係として入社していた。

並木君　函館時代から親しくしていた友人・並木武雄のこと。進学を機に東京へ出ていた。

京子　啄木の長女。この時の年齢は3歳頃。この年の6月に函館から母・妻・長

《石川啄木から友人への手紙》

それ、御存知の通り感情の融和のちっとも無い家庭なんだからね。一昨晩だったか、母と妻に散々小言を言って見たが、それでも不愉快が消えッこはない。十時頃フイと飛出したが、浅草に行くにしても宿屋へとまるにしても金がない。こんな時金のないのが一番癪に障るよ。そして回数券だけはあるから一時間半許《ばか》りアテなしに電車に乗って方々廻って歩いた。しまいに日比谷公園へ行って、雨の降る真暗な中で小便して来た。今から書いたところで今月は間にあわぬ。

今二十円あると今月はそれで済む。来月からはその月の月給でどうやらゴマカシテ行けるのだ。こう面《ツラ》の皮が厚くなっては誠に自分で自分に恥《はず》かしいが、これを最後のお頼みに叶えて貰えまいか。何しろ何から何まで現金買いなんだから仕末が悪い。

今までの様子で行くと人間が食うだけにはサッパリかからぬもんだ。人を一人や二人とめて置いても三円か四円しか違わぬよ。屹度《きっと》。兎も角八月は岩崎君をよこすべしだ。

そのうちに君ファザーへ素的《すてき》に念を入れた礼状をあげようと思ってる。

《略》

女が東京の啄木宅へやってきて、生活をともにするようになっていた。それ以前は浅草で女遊びをしたり、自宅に女性を呼び込んだりしていたようだ。

岩崎君　友人・岩崎正のこと。白鯨の豪で「明星」「スバル」に詩歌を投稿していた。啄木とは同年。

六、斎藤茂吉の章

ストレートな歌人

歌人・斎藤茂吉は、妻の輝子と仲が悪かった。茂吉は医家・斎藤家に婿養子候補として迎えられたが、当時の輝子はまだ幼く、結婚の実感を抱きにくかった。輝子も親に従って結婚したまでで、特別に好意を寄せていたわけではなかったようだ。

茂吉が31歳の時、輝子が16歳の時に正式に結婚するが、神経質な茂吉とざっくばらんな輝子では、どうしてもそりが合わなかった。遊び好きの輝子が外出すれば、茂吉は怒ってすぐに口論。ささいなことで手を出して、輝子から大きな反発を受けることもよくあった。

１９３３年11月、輝子は参加していた社交界が原因で、新聞沙汰に巻き込まれる。主催者が既婚女性たちをたぶらかして不埒なことをしているという記事が出回ったのだ。輝子がどこまで関与したかは不明だが、茂吉はこれに激怒。ふたりは別居することとなり、その期間は12年間に及んだ。

この離別期間中、茂吉が密かに、しかし熱烈に愛して不倫関係に陥った女性がいる。弟子の永井ふさ子だ。１９３４年9月16日、向島百花園で催された正岡子規の三十三回忌の歌会で出会ったふたり。茂吉は52歳、ふさ子は25歳と二回り以上も離れているが、美しいふさ子に心を奪われた茂吉は、熱のこもった、かなり素直な手紙を送り続けることとなる。その数は１００通以上。茂吉は手紙を燃やすようふさ子に頼んでいるが、一部を除いてその多くをふさ子は残した。その熱情を紹介する。

【左】永井ふさ子

ふさ子は松山出身。愛媛県立松山高等女学校卒業後、紆余曲折を経て東京の姉のもとに寄宿。24歳で茂吉が中心的地位を占めていた短歌会アララギに入会している。その縁で、子規の三十三回忌の歌会に参加した。その席で茂吉はたまたま、ふさ子の父が茂吉が慕う正岡子規と幼な友だちだったことを知る。茂吉はこの偶然に感じ入り、ふさ子に興味を持ったようだ。茂吉はふさ子の短歌を添削した他、共同の歌までつくっており、出来栄えには非常に満足していた。

【右】永井ふさ子と斎藤茂吉

初めて出会ってから2年後、浅草寺を詣でた帰りに、ふさ子は茂吉から接吻を受ける。茂吉の手紙がストレートになるのもこの頃。年をとって秘密の恋を続ける状況に茂吉も悩んでいたようで、ふさ子の前で涙を流すこともあったという。ただ、結婚を望んだふさ子に対し、家庭のある茂吉はそこまでは決断できず、つかず離れずの関係を続けた。最後にふたりは別れることになるが、ふさ子は茂吉との恋愛を隠し続けた。そして茂吉の死から10年後の1963年、茂吉から送られた恋文を発表して大きな反響を呼んだ。

斎藤茂吉から永井ふさ子への手紙

――直情的な歌人の言葉

1936（昭和11）年　54歳

6月1日

《略》ふさ子さんは小生のどういうところがお好きなのですか、小生には不明ですからお仰《つしや》って下さい。《略》

6月9日

○今度は僕の番ですか。ふさ子さんは玉のような処女だからです。美しくて純粋で透明だからです。各論はまた申しましょう○そういう純粋ですから、東京の連中に、「若し恋愛をしているなら、友情として打明けなさい、そうすると、力をかしましょう」などといわれるのです。あなたがそんな

※読みやすさを考慮して句読点をうった箇所があります。

どういうところがお好き　これに対してふさ子は、「非常に素朴で純粋で、偉い方のようでなくて子供の様なところが好きです」という趣旨で答えたという。

ことをうっかり云ったら、ひどいめにあいます。誰が真剣に心配などしますか、ただ興味本位で、同情の仮面をかぶって悪戯をし、いじめるだけです。このことは、僕のような老翁でないと観破が出来ないのです。御用心して下さい。《略》

7月25日

《略》○朝くらいうちから蜩《ひぐらし》が群鳴《ぐんめい》します。その頃起きて机に向《むか》いますが茫然としています。又夜、入浴して闇の林中を見ます。そうすると恋しい人のかおが彷彿としてあらわれます。これが現実なら飛びつくでしょう。この悲しみをのぞくには恋人を憎まねばならないのでしょう。《略》○香雲荘への御たよりも、そろそろ止めねばなりませぬか、恋しい憎い悲しいめちゃくちゃです。○諦念で諦念で諦念です。《略》

7月29日

○きのうは東京から来た運転手と朝六時半に家をいでて明神嶽に登りました、この老翁が一時間半かかってようやく登りました。それから峰伝え

御用心して下さい　妻子のある茂吉はふさ子との関係をひた隠しにしており、ふさ子にも用心するよう何度も念を押している。

香雲荘　ふさ子の妹たけ子が渋谷に借りたアパート。ふさ子も同居していた。茂吉の家からも近い。

明神嶽　箱根山にある山。この手紙と次の手紙は箱根にある茂吉の別荘から送られた。

に山わたりして午後二時に仙石原《せんごくはら》に下りました。古《いにし》えの苦行僧のような気持で甘美なりし心のつぐないをしようとしたのでしたが、峰をわたり乍《なが》らむらむらとふさ子さんがおもいだされてくるではありませんか、ぼくは古えの修行僧と雖《いえど》も恋をしていけないという法はないとつくづくおもい乍ら山上を歩いたのです。

《略》○こらえきれずに又々この手紙かきました。○最後最後といって意気地のない男也

8月8日

○八月六日附の御手紙只今いただきました。なつかしさと寂しさで涙がでてこまりました。湯つぼの中で涙をながしていました。ふさ子さんの御体さえ御丈夫なら僕は一番幸福で一番楽しいのですから、海水およぎは余り無理しないで下さい。併《しか》し東京の御暑い御部屋は何といっても御無理です。どうぞ暫《しば》らく御姉様のところで御静養下さいこれは何よりの御願いです。そして若し御都合出来れば秋冷《しゅうれい》の山にでも御伴《おとも》して(厳格に)もいいともおもっていますが、もうかなわぬことでしょうか、《略》

※この8月8日の手紙は、茂吉の助手だった山口茂吉の妻の名前で出された。同様の方法で送られた手紙は複数残っている。

11月6日

どうしていつあってもこんなになつかしく、こいしんでしょう。選歌をしていてもまるで手がつかず、とうとう大戦映画にかこつけて御あいしたのです。しかし天にも地にもただ一人のこいしい人と身を並べて生命を賭する戦闘を見ているのはこれも神明の加護というものでしょう。僕はあのときこんなことをおもったのです。こんなにこいしい感情は一体何だろうかと、これはあの兵士たちが肉迫してゆくあの『迫る』のと同じなのです。僕の全体に『迫って』くるのです。この迫る感情を僕だけが占領してしっかりと抱いていましょう。これは冥土（多分地獄でしょう）までも離さずに持ってゆくのです。それゆえ決してほかの、どんな人々にも話さずに独占しているのです。清い純粋で御わかれしましょう。《略》

11月23日

せまい御部屋に姉妹お二人は誠に清い感じで楽しくありました。特にふさ子さんがふだん着は初々《ういうい》しく子供ぽくて何ともいわれませんでした。何ともいえぬ美しさでわくわくしていましたが、あの仏説にあるようにこ

大戦映画　このときふたりが観たのは、アメリカ映画「西部戦線異状なし」。戦線から帰ったドイツ兵が恋人と抱き合うシーンで、茂吉はふさ子を横目で観察していたという。

らえていました。その点は満点でしょう。《略》

11月24日　恋き人に（手渡し）

○御手紙いま頂きました。実に一日千秋《せんしゅう》の思いですから、三日間の忍耐は三千秋ではありませんか。何度カギで明けてみるかわかりません。その苦しさは何ともいわれません。全くまいってしまいます。ふさ子さんどうか御願いだからハガキでいいから下さい、そして今日は外出とか（叔母と）ただそれだけで結構です。《略》○兎に角、一行ずつでいいから、きょう御手紙のようにかいて下さいませんか、能率万倍ですから。《略》

11月26日（手渡し）

○ふさ子さん！　ふさ子さんはなぜこんなにいい女体なのですか。何ともいえない、いい女体なのですか。どうか大切にして、無理してはいけないと思います。玉を大切にするようにしたいのです。ふさ子さん。なぜそんなにいいのですか。《略》

※この頃からアパートの主人や管理人が茂吉との関係に関心を持ち始めたという。

先秋　千年。長い年月を表すときに使う。

11月29日（手渡し）

○ふさ子さん、何というなつかしい御手紙でしょう。実際たましいはぬけてしまいます。ああ恋しくてもう駄目です。しかし老境は静寂を要求します。忍辱は多力也です。忍耐と恋とめちゃくちゃです。○ふさ子さんの小さい写真を出してはしまい、又出しては見て、為事《しごと》しています。今ごろはふさ子さんは寝ていらっしゃるか。あのかおを布団の中に半分かくして、目をつぶって、かすかな息をたてて などとおもうと、恋しくて恋しくて、飛んででも行きたいようです。ああ恋しいひと、にくらしい人。《略》

1937（昭和12）年　55歳

1月某日

あなたはやはり清純な玉でありました。

一時一寸《ちょっと》曇っただけです。人に怖じつつの清い交わりでありました。私は永遠に清い涙を流して、別離の情に浸りましょう。天地にただ二人の清浄なる交流でありました。今後私はすべて沈黙に還ります。その沈黙の

ふさ子さんの小さい写真 茂吉はふさ子に写真を送るよう何度も頼んでおり、「光がさすようで勿体ない」など、送られるたびに感激している。

※この頃の茂吉は山本範太郎という老齢の弟子がふさ子をたぶらかしていると疑っていた。3月14日の手紙の略部分にも、山本がいかにひどい人間かを力説して、ふさ子に注意を促すくだりがある。

底いにあなたがあります。どんな事があっても私はもう驚きません。御両親の慈愛は絶待にして、広大無辺です。どうぞ御すがりください。純真なる愛人の愛には虚偽、秘密は決してないものです。全力的だからです。純あなたは白玉のごとき方です。純真で単簡で、何等のはからいがないのです。《略》（コノ手紙はお国にお帰りになり、少しくりかえしておよみ下さい。然る後、焼去下さい）（この手紙受取ったかどうか、一寸御手紙ください。御感想も一寸ねがいます）大切なる要説!!!　一、東京との文通は年賀状以外一切出してはいけません。尽《ことごと》く材料にされるだけで、あぶなくて危険で何とも致し方ありません。つまり何といって来ても返事出さないのです。これは神に盟《ちか》って実行して下さい。一、若し文通の必要あらば、山口、佐藤を通じてでも僕に云って下さい。吾等は真面目にやります。一、歌のことは、真の友人、佐藤、山口とでいろいろ申上げます。いままでのようにケダモノ等の下等なアソビとはちがいます。一、歌は客観歌（山川草木河海）を作り下さい。一、この冬は肝油あがって下さい。風邪で熱あらば臥床して下さい。一、御手紙は一月に一度以上でも結構です。一、僕は御返事さし上げません。若し必要あらば誰か門人の手を経ましょう。

山口　茂吉の弟子・山口茂吉のこと。アララギの編集助手を務めた。「アララギの小茂吉」と呼ばれ、深い師弟関係にあった。

《斎藤茂吉から永井ふさ子への手紙》

万事沈黙のしずけさに入って、老の身をいたわりましょう。一、僕のうけた侮辱なんかは何でもありません。決して御心配ありません。愛の力は宏大《こうだい》深刻です。また、清く正しきものは常に勝ちます。今に御覧なさい。そして御心しずかに御自明愛下さい。そしてもっと肥って下さい。〇僕は老残の身をいたわりつつ、せい一ぱいの為事《しごと》をして、この世を去りましょう。この時に、あなたとの清純な交流を得たことは非常な幸福でありました。深く感謝いたします。〇お妹さんもあなたそっくりな純真な少女で、なつかしい方です。併し、今後もはや御会しません。どうぞよろしくお仰ってください。〇あなたには御両親があります、お甘えください。僕にはもはや愬《うった》うべき誰もありません。僕は山河に向って号泣しましょう。そして、天地に向って、虚偽、計略、残忍等を絶した「生」を幽かに保ちましょう。恋しき人よ。さようなら。《略》

3月14日

〇軸とどきましたよし、喜んでいただいて嬉しい、ふさ子さんが喜ぶことは即僕のよろこぶことです。出来わるければ養生して、もっといいのを書

佐藤　茂吉の弟子・佐藤佐太郎のこと。山口と同じく茂吉を敬愛し続けた。茂吉の一周忌でふさ子から手紙の公開を相談されている。そのとき10年待ってほしいと返事をしたために、ふさ子は茂吉の十周忌の年に手紙を公開した。

きます。僕のものが、ふさ子さんのそばに行って居れば、僕の分身ですから、それだけでうれしく、満足しています。ふさ子さんの温まりもいぶきも伝っているようでうれしいのです。《略》

3月19日

○東横の地下室の隅のテエブルに身を休ませて珈琲一つ注文して、天下にただ一人、財布からパラピン紙に包んで、その上をボル紙で保護した、写真を出して、目に吸いこむようにして見ています、何という暖い血が流ることですか、圧しつぶして無くしてしまいたい。この中には乳ぶさ、それからその下の方にもその下の方にも、すきとおって見えます、ああそれなのにそれなのにネエです。食いつきたい！《略》

10月6日

拝啓　御写真無事到来、我儘《わがまま》御ゆるし下さい。顔をふれて幾度も幾度も幾度もふれました。今後十数葉の御写真はいだいてねましょう。十月一ぱいぐらいで全部御写真は御かえししようと思ったのでしたが、暮ごろまで延ばします。或は体の方が健康つづけば、まだ肌身はなさず持っていますか。そのこと迷っています。御写真みると、ふさ子さんの全体がはっきりして来ますものですから、つい見たくなるのですが、追々はそれが無くともよくなるとおもいます。御肥《ふと》りになったので非常にうれしく（本当にうれしい）おもっています。《略》誠にいいにくいがもう御唇は御許しになりましたか、決して嫉妬などはおこしませんからお仰ってください。《略》

10月12日

《略》〇これも失礼になるかともおもいますが僕との間ですからM氏と最初のキスの時と場処のこと御仰ってくださいませんか、これも深く秘めてひと事でなく感銘させますから、岡山でなさった時、或は松山、或は御旅行又は海浜というように場面も一寸御書き下さいませんか、もう御手紙さしあげることも、出来なくなりますから、こんなことも御願するのです、永遠の恋人に最後の吾儘《わがまま》だとおもって、委細に写生文式に御願します《略》

M氏　1937年4月、茂吉との関係に後ろめたさを感じたふさ子は、岡山の牧野という医師と見合いをしていた。M氏はこの牧野を指す。茂吉もこの見合いに反対はなかったようだが、二人の関係を知りたがり、逐一ふさ子に詳細を尋ねていた。

10月22日

《略》〇本当いうと、あいたいのです、ああこいしい悲しい、ふるいつきたい、こいしくてたまらない。しかしこれは明春からは絶対にいいませんから、そのあいだの短い間だけです。《略》

※その後、ふさ子は牧野と結納を済ませたが、茂吉への未練がまだ残っていた。上記の手紙のように茂吉も会いたい気持ちを隠せず、二人はよりを戻してしまう。しかし結局、茂吉がはっきりとした気持ちを示さなかったことで、ふさ子はこの関係を終わらせることを決断。茂吉との恋愛を断ち、牧野との婚約も解消した。

七、梶井基次郎の章

不器用な恋

梶井基次郎の写真を見たことはあるだろうか。ゴツゴツした顔で精悍《せいかん》な青年を思わせるが、その内面は至極繊細。美や芸術への関心が深く、残した小説には美しい詩を読むような趣がある。肺結核で31歳にしてこの世を去るが、著作「檸檬」「のんきな患者」などは、現代でも読み継がれる名作だ。無邪気でひょうきんな一面もあり、屋台で酔って暴れたこともあれば、夏目漱石に傾倒して手紙で「梶井漱石」と名乗るなど、エピソードにも事欠かない。

そんな梶井が恋をしつつも、素直に想いを伝えられなかった女性がいる。作家の宇野千代だ。

二人が知り合ったのは、1927年6月、場所は静岡の伊豆湯ヶ島。梶井は26歳で、千代は30歳になろうとしていた。湯ヶ島は川端康成を中心に多くの文士が集まった地で、梶井も結核の療養のためにこの地を訪れ、先に夫と滞在していた千代に出会った。梶井は次第に千代に惹かれていったが、ふたりはあらゆる面で対照的だった。華やかな恋愛遍歴を持つ千代に対し、梶井は好きな人にうまく気持ちを伝えられず、空回りすることが多かった。

千代自身が梶井をどう思っていたかは、よくわかっていない。晩年のインタビューで惚れるわけがないと答えたこともあれば、互いに好きだったけれども自分は尊敬していた、と答えることもあった。千代が夫と別れ、別の男性と結婚したことで梶井の恋は実らなかったが、その間のやりとりにはもしかして、と思わせるものがある。

【右】宇野千代

梶井が想いを寄せた宇野千代の、35歳頃の写真。梶井とは、静岡県の湯ヶ島に夫の尾崎士郎と訪れたときに知り合った。宇野は恋愛気質で恋多き女性だったが、梶井との関係を晩年に尋ねられると、自分は面食いだから梶井には惚れない、と答えている。一方で、回想録には梶井から手紙をもらった際、周囲の人々に触れ回ったというエピソードを書いており、梶井に対して特別な感情も抱いていたようだ。なお、梶井は宇野へ幾度も手紙を送ったが、残念ながら宇野はそれらをすべて処分したと証言している。

【左】梶井基次郎

30歳頃の梶井。湯ヶ島で多くの作家と交流した頃から、文壇で注目されるようになる。厳つい見た目とは裏腹に細やかな感性の持ち主で、音楽や文学といった諸芸術を愛した。恋愛に関しては不器用で、初恋の相手に好きな詩の一節を紙に書いて想いを伝えようとして、玉砕したことがある。また、三校時代の同級生に同性の愛を抱いて悶々としたこともあるが、具体的な行動には移していない。宇野も梶井から手紙をもらっても、慕情をはっきりと伝えられることはなかったという。

宇野千代を意識した梶井基次郎

――不器用な恋の顛末

泳げますよ、泳いで見ましょうか

◆

数人で散歩をしている時、川の流れの激しい様子に「こんなところではとても泳げない」と誰かが言った。すると梶井は、恐らく宇野を意識して笑顔で右のように言い、着物を脱いで橋の上から川へ飛び込んだ。

宇野さんは僕より年上やが、大変若く見えますよ

友人の妻に伝えた宇野の印象。湯ヶ島で4歳年上の宇野と知り合うと、梶井は宇野の行くところにたびたび顔を出すようになる。梶井が宇野に恋をしていることは誰の目にも明らかだった。

小便がついていますよ

麻雀をしていた宇野のもとへやってきた梶井。いいところに来たと宇野は梶井のマントを借り、マット代わりにテーブルにかけると、右のように言って周囲を笑わせた。

そのときが来たらお知らせしますから、ご都合が宜《よろし》かったら、大阪へ来て下さい

梶井は東京帝国大学の学生だったが、病状を気にして卒業を諦め、授業料を払っていなかった。結果、1928年3月に除籍処分となる。その後に大阪に帰ることになると、千代に右のように言い残したという。

僕の病気が悪くなって、もし、死ぬようなことがあったら、僕の家へ来てくれますか

病気が悪化して実家の大阪に帰っていた梶井は、小説の取材で神戸近辺を訪れていた千代のもとに何度か通った。1929年秋、関西で千代と会ったときに梶井は笑いながらこう言った。

そして、僕の手を握ってくれますか

前ページの梶井の問いに対し、千代は「ええ、行きますとも」と答えた。それに重ねて梶井が発した言葉。千代はこれに同意したというが……。

宇野千代の再婚を知って ——不器用な恋の幕引き

しょうもないやつと結婚しやがって

1930年8月、千代が洋画家の東郷青児と結婚したことを、葉書で知らされた梶井。弟の嫁・豊子へ吐き捨てるようにこういったという。東郷は女性から人気を集めた美男子で知られる。梶井の恋は終わった。

八、中島敦の章

実はやさしい中島敦

漢文調の格式高い、思わず読み上げたくなる名文を書いた中島敦。「山月記」「李陵」などの短編は特に評価が高い。儒学者の家系に生まれて幼い頃に漢学の素養を身に付けると、青年時代には欧米の文学に触れ、進学した東京帝国大学では国文学を専攻。国内外の作家の作品を読み漁った。こう書くと、写真の印象もあって文学通の堅苦しい人物をイメージするかもしれない。だが、実は恋をすると熱くなる、女性想いの青年だった。

大学在学中の21歳の時、中島は芝の麻雀荘で、同い年の従業員・橋本たかに出会った。たかは愛知の農家出身で、ふくよかで母性的な女性だったという。中島は麻雀荘で働く別の女性と関係があったが、この出会いから1週間後にたかに求婚している。よほど夢中になっていたのだろう。たかも中島の気持ちに応えようとしたが、事はそう簡単ではなかった。たかには和田義次という許嫁がいたのだ。

義次はたかの従兄で、東京で船具問屋を営んでいた。15歳の時、たかは手伝い兼許嫁として義次のもとへやってきたが、数年後に船具問屋はつぶれ、その後に始めた海草問屋も差し押さえられた。そこで生活のためにたかが見つけたのが、中島が通う麻雀荘だった。

中島は許嫁と交渉を続け、結婚に難色を示す実家も粘り強く説得。たかを励まし続けた。そして紆余曲折を経て義次に結婚をあきらめさせると、１９３４年、中島は前年に生まれた長男とたかを家に迎えることとなった。

【上段】中島敦（左）と橋本たか（右）
中島は母親の愛情を知らずに育った。幼いころに両親が離婚すると、2歳から5歳の間は父方の祖母と伯母の手で育てられ、それ以降は新妻を迎えた父と生活。新妻が亡くなると父は二人目の妻を迎えたが、中島はいずれの継母にも親しみを持てなかったようだ。この経験が女性に甘かったことに影響しているのかもしれない。
【下段】1940年8月の中島一家
中島の隣が長男で、しゃがんでいる女性がたか、そのひざ元にいるのが次男。中島はこの翌年に南洋庁に雇われて、ミクロネシアへ出航。日本の委任統治領となった南洋群島で、島民用の国語教科書を作る調査に携わった。

中島敦から橋本たかへの手紙（結婚前後）

――許嫁との交渉・家族の説得・たかへの励まし

※明らかな誤字脱字は修正してあります。

1931（昭和6）年　22歳

日付不明

タカ、

もう大丈夫だよ。安心しといで。ただ、よくお父様や兄様にお願いして、和田の家と切って貰えば、それで、いいんだよ。僕、この間から、アパートはよして、駒沢（知ってるかい？　渋谷から、又、玉川電車にのって行くんだよ）の方に移って了《しま》ったよ。今度家がみんな引越してくるんだ。早く、お前も来られると、イイナ。

和田の兄さんが、うるさくなったら、早く来い。名古屋は、どうだい。飯田の兄様はじめ皆様が親切にして下さるそうで僕も、大変うれ

※この年の9月13日、中島は義次に手紙を送り、「男一匹頭を下げてのお願いでございます」とたかとの結婚を諦めるよう頼んでいる。

和田の家　たかの叔母は、たかを息子の義次と結婚させることに執着しており、中島との結婚を強く反対していた。

駒沢　大連で働いていた父親が帰国すると、中島は10月から父母同居の生活を駒

しい。皆様によろしく申上げておくれ。僕も来週からはズット学校に出続けるつもり。杉本も随分勉強してるらしい。僕も名古ヤに行きたいが、色んな都合で仲々そうは出来ない。まだ今度の家の中もゴタゴタして、片づいてない。早くお前が来ないかな。
　もう何も書くことはなさそうだな。

サヨナラ。

11月9日

　あんまり手紙が来ないんで、どうしたのかと案じて居た。もっと、たよりをよこさなくちゃ駄目じゃないか。僕は、また、お前が新池に居るのか、と思って居たよ。
　奉公に出るとか何とか言って居るけれど、一体何処へ行く積りなんだい？　どうせ来るんなら東京へ来るが宜《よ》い。おふくろもそう言って居る。お前が来ないと、僕も落《おち》ついて勉強が出来なくて困る。早く来い。（勿論、皆様とよく相談した上でのことだが、）
《略》飯田の兄様姉様に宜しく申上げておくれ、たかが、何から何まで、

沢で送っている。

和田の兄さん　たかの許嫁・和田義次のこと。

飯田の兄様　名古屋のたかの姉の嫁ぎ先。10月はじめに中島は実家にいたたかを飯田家に連れていくと、姉一家は義次とその母親に居所がばれないよう、たかをかくまってくれた。その後にたかは、名古屋の家政婦協会で寝泊まりしながら働いた。

新池　たかの実家。父辰次郎はこの地で農業を営んでいた。

お世話になりまして、ほんとにお礼の申上げ様もございません、って、そう申上げておくれ。(とにかく、もっと、手紙をくれなくちゃ、いけないよ。) サヨナラ、

敦、

11月19日頃

　葉書で云って置いたが、飯田様の所に君が居ることをパン子が、いって了ったのだそうだ。僕がパン子に何故隠さなかったんだと云ったら泣き出して了った。パン子も馬鹿だが、パン子の所に、居所をしらせた君も軽率じゃないか。いずれ、君の方へ、和田の兄さんが行くかも《(ママ)》だろう。そして、おどしたり(刃物位持出すかもしれないな)、泣落したりしようとするだろう。君と僕とは、お互の気持さえ、しっかりして居れば、それでも何でもないけれど飯田の兄様や姉様がお気の毒じゃないか。

　これ以上、飯田様に御迷惑をかけては、僕としても、何と、お詫していいか分らない。パン子に、居所を知らせるなんて、全く軽率だったと思うよ。馬鹿な奴だ。(和田の兄さんは、東京へ来て、先に《ウシゴメ》居た所に居るそ

※11月14日、実家から在学中の結婚を反対されたことを、中島はたかに伝えている。あわせてたかの上京後、卒業まで結婚を待ってもらいたい旨を伝えていた。

パン子　たかの麻雀荘の同僚。本名は清子といい、たかより4つほど年下。中島とは特別な関係だったようで、たかは求婚される前、二人がベッドで抱き合っている姿を見たことがあるという。なお、中島当人はのちに、「パン子とは絶交した」とたかに伝えている。

和田の兄さんが行くかも　和田義次はたかの夫と称して警察に捜査願を出してい

うだ。小石川の中島の家へ来たそうだよ）、
新池から何か返事が来たかい？　その後の様子をしらせて欲しい。
（コレカラモ、決して、パン子などに、何も云ってやっては駄目だよ）、

敦、

たか殿、

11月22日頃

《略》新池の父上から御手紙が来た。今暫く、そちらにお前を置きたい由。事情が事情だから、それでも宜いと思う。（お前を働らかせるのは、僕がはずかしいことだが）、お前も今しばらく辛棒[抱]しておくれ。但し、支度なんてことは気にしないでいいよ。そんなこと、どうだっていい。裸のお前で沢山だ。身体を大事にするんだよ。そんなに夜、寝なくては、駄目じゃないか。

（とにかく、早く東京へ来られる様におし。来たって、勉強の邪魔になんかなるもんか。いうまでもないが、奉公するんなら、しっかりした堅い家。）東京へ来たら、また、トーキーでも見よう。スキピーはおもしろかっ

た。これに警察が応じて麻雀荘で聞き取りを行い、パン子からたかの居場所を聞き出したようだ。

たネ。
お前の手紙の誤字。神経過敏◎（繁はちがう）。絶対《タイ》（帯ではない）。年寄（奇はキ）まあ、こんなことは、どうでもいい。サヨナラ。

タカ殿、　　　　　　　　　　　　　　　　　　　　　　　敦、

〈欄外〉ほんの少しの間だから、お互に辛抱しよう。東京へ来られることになったら直ぐ来るが宜い。和田なんか恐れることは少しもない。

12月15日

手紙見た。随分、長い間、たよりをくれなかったたネ。僕の方も出さなかったが、（何故、僕があまり、手紙を出さないか、分るかい？　あんまり、度々出すと、新池のお父様や兄様に少し、きまりが悪いからだよ）

僕の方は、いくら、お前から、手紙が来ても、さしつかえない。楽しみにして居るから、精々書いておくれ。

《略》僕も、その中《うち》、お金ができたら、お前に何か、買ってやりたいと思う。あまり、アテにしないで、待って、居たまえ。《略》

※あわただしかった11月だが中島は学業をおこたらず、卒業論文「耽美派の研究」を大学に提出している。

1932（昭和7）年 23歳

1月10日

《略》たか。別に君の心を疑って居るわけではないが、もう一度聞くよ。怒らないでおくれ。たか。お前、ほんとに、どんなことがあっても、僕と一生、一緒に居る積りかい？ 僕が、ダラシない人間で、意志の弱い、身体まで弱い人間だということ。従って、お前と結婚してからも、お前にどんなにか迷惑をかけるかも知れないこと。（経済的にも）それを、承知で、一生、僕の面倒を見てくれるかい？ ほんとによく考えて、お前自身の損得《ソントク》も考えてから、ハッキリ答えておくれ。

別に、僕、お前の僕に対する愛を疑ってるのではないが何だか、近頃僕、淋しくて、色々自分の将来のことなど考えると、どうもお前にこれから、難儀ばかりさせそうな気がするものだから、つい、こんなことも聞くんだ。お前も、自分自身の利害を考えるんだよ。僕、勿論、お前を愛して居るよ。それだけは信じておいで。そして、お前さえよければ、どんなことがあっても結婚する気で居るよ。けれど、お前として、僕と結婚するからは、よほどの苦労を覚悟して居なければならないよ。
何だか、今晩、あまり淋しいので、つい、変なことを書いたが、では、これで、サヨナラ、

敦、

たか殿、

1月22日

たか。

手紙見た。お前の気持は、ほんとに嬉しいと思う。僕なんかには、もったいない位な気がする。お前はまだ知らないんだ。僕が、どんな悪い人間かということを。僕は今まで全く、悪い人間だった。（みんな僕の弱さから来て居ることだが）お前に話したこともあるけれど、話さないこともある。全く、僕には、お前の僕に対する愛が、もったいないと思われるんだ。それは、僕もお前を愛しては居た。けれど、愛して居ながら、やっぱり、お前にすまないことばかりして居たんだ。いずれ、お前に逢ってから、お前にみんな話して、詫《わび》をしよう。そして、その時、もし、お前が許してくれたら、僕達は結婚しよう。

詫をしよう　具体的には記されていないが、たかとの恋愛中にほかの女性とつき

この前の日曜は教会に行った。今度も行くつもりで居る、

実際、今まで、僕のして居たことは、みんな間違って居た様に思われる。

今までしたことの中で、後悔して居ないのは、只、「お前との間のこと」だけだ。

これだけは、どう考えても、正しいことだと思って居る。その外はみんな間違いだらけだった。たか。ほんとに、僕は、お前にあわす顔がない。僕は、馬鹿な男だ。ホントニ。それでも、たかは僕を愛し続けてくれるかしら。

（この三月の試験休みには、名古ヤへ行こうと思って居る。）

××　××

お前は、僕の父のことを心配してるけれど、父なんかどうだっていいじゃないか。そりゃ父だって、心の底をわって見れば、チャンと教育のあるお嬢さんでも貰いたかっただろう。だけど、そんなこと、僕さえよければ、いいではないか。オヤジの女房じゃないんだから。初め（正直に云うと）父が僕にこう云ったんだ。「何も外《ホカ》に女もあるのに、よりによって、男のついてる女を貰わなくっても、いいだろう」って。その時、僕はいっ

あいがあった可能性はある。そのことを悔いてたかに詫びようとしているのかもしれない。

僕の父のことを心配　中島の父は学生のうちに結婚することを反対しており、結婚するにしても卒業後でなければ許さないというスタンスだった。また、農家出身のたかに不満も抱いていたようだ。

てやった。「そういう悪い男がついて居ればこそ、僕が、是非貰ってやらなければならないじゃありませんか」って。

父はもう、決して、文句はいわないよ。ただ、在学中だけは困るといって居るだけだ。それから、又、お前は、自分が無教育だから、僕の出世を妨げやしないかって心配してるけど、馬鹿な奴だな。いくらなんでも、女房に出世させて貰う程、なさけない男にはなって居ない積りだよ。よしんば、そんな出世とかいう奴ができなくったって、差支えないじゃないか。お前のために僕が、どんな境遇になっても、僕は、決して、愚痴《グチ》はこぼさないよ。自分で望んでしたことなんだから。苦しむんなら一緒に苦しもうじゃないか。お前が、その気で居てくれるなら。

サヨナラ、

敦、

たか。

あんまり手紙出すと、長谷川先生が、変に思わないかい?

廿二日夜、

2月8日

《追伸として》お前は、いつも、淋しい淋しいって、ばかり云ってるね。僕も淋しいさ。逢いたいな。

4月30日

《略》僕、今日、君の兄さんに手紙を出す。もっと早く出す積りだったんだが、色々用があって後れて了った。僕は、（その手紙の中で）ただ、頭を低くして、君の兄さんに頼んで見た。あれでも、きき入れられなければ、どうにも仕方がない。僕は生れてから、あの位、頭を低くした手紙（や言葉）は、書いたことがない。とにかく、僕は一生懸命にたのんだだけだ。僕として、あれ以上のことは云えない。いずれ、返事がくるか、それとも、どこかで逢おうと、云ってくるだろう。が、もしかすると、黙って、握りつぶしかな。とにかく、どんなに、侮辱され様《よう》と、又は、なぐられようと、殺されようと平気なつもりで居るから安心しろ。タカはいつも、僕《ボク》のタカだぞ。それを信じてろ。希望をすてるな。おどかされるな、泣き落しにかかるな。東京へ来たければ、いつでも、いってよこせ。（兄さんにもし、僕が逢って、兄さんから、「何時、タカにあって、話をきいたか？」ときかれたら、発《タ》つ二三日前、倶楽部であったことにして置くよ。

いいかい？）《略》

6月13日

長い間、たよりをしないで、ゴメンよ。今日はネクタイを難有う。

仲々、いいじゃないか。だけど、もう、これから、僕に贈りものなんかするんじゃないよ。僕にくれる位の金があったら、何かお前のものを、買うがいい。お前だって、ホンノ僅かしか貰ってないんじゃないか。お前の志はうれしいけれど、もうこれから、こんなこと、するんじゃないよ。

（柄の見立は及第だ）

（僕こそ、町を歩いて居て、新しい浴衣《ユカタ》の柄が目についても、お前に買ってやれないのが、情ないと思う。）

僕の身体は心配しなくて宜い。《略》

11月11日

今日はお前の誕生日だね、おめでとう、

※8月頃に夏休みで中島はたかのもとを訪ねた。このときに、たかは長男を身ごもったという。

《中島敦から橋本たかへの手紙（結婚前後）》

約束の奈良人形を今日送ってあげようと思ったけれど箱がないので少しおくれる、
今、働いてる所は辛くはないかい。
身体を大事にしてくれ、
飯田の兄様には手紙は出して置いたけれどお前の云う、「新池」へはまだ出さない。どうかいていいいか一寸分らないからだ。又書く必要があるかないかも疑問だぜ。（と、僕は思うんだが）
それから、ウチのオフクロへは、お前から何にも、手紙なんか出すことはないと思う。
オフクロの手紙のことはほんとに気にしないで下さる様、兄さんや姉さんにお伝えしてくれ、

十一日、　敦、

たか殿、

1933（昭和8）年

3月2日

昨日は停車場まで送ってくれて難有う。

お前が丈夫でいてくれたことが、――それから、コロコロ、笑ってばかりいたことが――何よりもうれしかった。新池のお父様にお目にかかれたこともうれしい。

生れる児は、いい児にしてやろう。僕みたいに、母親を知らない児には、どんなことがあっても、しないよ。これだけは親父に、飽くまで云う積りだ。いずれ、月日がたてば、いいようになるには極っている、（殊に親父は、子煩悩《コボンノウ》だから。）が、今、僕としては、ゆっくり、待っていられないんだ。それで、急いでいるわけだが、それも案外早く、うまく、行くだろう。


（横浜に下宿し次弟［第］、新池に新聞を送り初めようと思っている）この上も身体を大切にしてくれ。ころんだりするなよ。（停車場へきた時は、割に

目立たなかったね）

二日、

敦、

たか殿、

8月29日

《略》婚姻とどけは（そちらに判をおしていただくために）二三日中に送る。あるいはもう、うちから送ったかもしれない。判を押していただいて、それから又、世田ヶ谷の家へおくりかえしていただくのだ。

それから、お前にだけ内証にきくのだが。

新池において貰って、気づまりだったり、辛かったりすることが多くはないかい？

それに何時頃まで置いていただけるのだい？

それから、もし、東京へお前とチビとが来て間借でもするとすれば、大体、月いくら位で、あがるだろうね。？

※たかは4月28日に新池で男児を生んだ。この日は中島の月給日だったという。

右の返事をきかせてくれ。

昭和八年八月二九日

皆さんに残暑御見舞を申上げておくれ、

敦

10月14日

お前（達）が東京の方にくることは、勿論うれしいがとにかく、今の家の様子では、父もオフクロも、お前と一緒に住むなんて気はないし、（僕だって、そんなことは、いやだが）と、すれば、間借りか何かだが、その費用も、この間、お前が言ってきた程度であがるか。どうか。

勿論、そちらに居られなければ、（あまり、御迷惑ばかりかけてもいけないから）、どうにでもして、部屋を借りるなりなんなりすることはするが。（ダカラ、ソレナラ、エンリョナクイッテクレ）

月給が早く上るといいんだがな。（校長は、いずれ、上るとは言っていたが、）（僕にだけ内緒で）

《中島敦から橋本たかへの手紙（結婚前後）》

この前の手紙で、来月の末といっていたが、来月というのは十月のことだろうね。

いずれ、近い中に、又考えて、手紙を書こう。

もう橋本じゃなかったんだね。だが、橋本辰次郎様方とするのも面倒だから、当分このままにしておく、

坊主の写真も見た。仲々面白い（？）

※この年の12月、中島はようやくたかと長男を家に迎えた。恋人がいた、たかに甘えたかったのでは、などの解釈があるが、理由はよくわかっていない。この間、たかも大切にされていないのではないかと、非常に不安な心境だったようだ。のちに勤め先の横浜女学校の生徒との関係が怪しいと思い、別れたい気持ちを抱いたこともあったという。それでも横浜の本郷で生活を共にしているときは、たかの気持ちも落ち着いていた。たかは当時の生活を「短い結婚生活の中で最も幸せな一時でございました」と回想している。

中島敦からたかへの手紙（パラオ渡航中）

――妻子に会えずにさびしい

◆1940年、中島に次男の格《のぼる》が誕生した。この年には『山月記』を書き始めるなど、順風満帆の生活を送っている。しかし、持病のぜんそくが悪化して勤務日数が減少したため、病気の療養と仕事を兼ねて、南洋庁から誘いのあったパラオ調査の参加を決意した。第一次大戦後に日本の委任統治領となった南洋の島々へ赴《おもむ》き、現地用の国語教科書を作成する仕事である。妻子を日本に残して南洋に旅立った中島は、相当さびしい思いをしていたようだ。その頃のたか宛の手紙を一部紹介する。

1941（昭和16）年

9月20日

《パラオ渡航の不安を吐露した後》……もう愚痴《グチ》はよそう。お前を泣かせ

《中島敦からたかへの手紙（パラオ渡航中）》

るだけだからね。それから、何も、云わなくたって、お前には、俺の苦しみが判っていてくれる筈だからね。何時だか、お前は、おれに言ったことがある。「私には、貴方が一番良く判っています」って。その時オレは「さあ、どうだかなあ！」って言ったが、それや、お前にだってオレの全部が解ってるとは思えないけれど、併《しか》し、他の誰よりもオレを判ってくれていることはタシカだね。今、ハッキリとそれを認《ミト》めるよ。

《略》今年の七月以来、おれはオレでなくなった。本当にそうなんだよ。昔のオレとは、まるで違う、ヘンなものになっちまった。昔の誇《ホコリ》も自尊心も、昔の歓《ヨロコ》びもおしゃべりも滑稽《コッケイ》さも、笑いも、今まで勉強してきた色々な修業も、みんなみんな失《な》くして了《しま》ったんだ。ホントにオレはオレでない。お前たちのよく知っている中島敦《おとうちゃん》じゃない。ヘンなオカシナ、何時も沈んだ、イヤな野郎になり果てた。（また、こんな事を書いて了った。女みたいな愚痴を。これは、誰でも心のスミッコにフタをして置くべきゴミタメみたいなもんだ。心のゴミダメを見せるのは、お前にだけだ。）《略》

今年の七月以来　中島は6月末に日本を出港し、パラオに着いたのは7月はじめ。景色の美しさに感動するなど収穫もあったが、家族に会えないさびしさも感じ続けていた。

9月28日

たか助は、洗濯と掃除とで、働きすぎて、身体をこわさないように。
桓《たけし》は、もう少し、ふとれないものかな！
ノチャスケは早く「おかあちゃん」ぐらい言えるようになれよ。

桓をね、こういう船旅に連れて来てやりたくって堪らないいんだよ。どんなに喜ぶだろうな。今日だって、飛魚が盛んに飛ぶしね。

不思議だな。僕の喘息は、旅行してる間は、起らない。随分ゼイタクな病気さ。
海はベットリ油を流したよう。気味が悪い位波が無い。今頃の南洋は、何時もこうなんだとさ。十一月に近づくと貿易風《ボウエキフウ》というやつが吹き出すんだが。

三食とも洋食だといいんだが、昼だけなんだよ。

桓　中島の長男。この頃には8歳になっていた。「ノチャスケ」は次男の格（のぼる）のこと。たかは手紙で「のちゃぼん」と呼ぶこともあった。

《中島敦からたかへの手紙（パラオ渡航中）》

精肉　カレー　ライス↓こいつは毎日出てきてにくらしいから、喰わぬ。《略》

11月3日

三十一日《略》お前等の世田谷へ移ってからの様子がまだ少しも分ってないんだから、トテモ不安なんだ。早く、お前の手紙が読みたい。苦《くる》しいことがあったら、お前、何でも書いてよこすんだよ。オレだって、病気のことを、すっかり、知らせて、トンダ心配をさせちまったんだから、お前も隠さずに書いてよこすべし。でも、お前達は、いいなあ、一緒にいられてさ。オレなんぞ見ろよ。淋しいったら、ないぜ。お前達の写真《シャ》を送ってくれ。もう写《シャ》真屋へ行ったって怒らない。誰の撮《と》ったんでもいいから送っておくれ。《略》

十一月二日。まだ飛行機は内地を立てないそうだ。元来、これは、十月二十二日横浜発の筈だったんだから、これで十一日のびたわけだ。早くお前の手紙《ガミ》も見たいのに。何度も云うけれど、お前の方には、オレの方の消息は、比較的、近くまで分っているワケだのに、オレの方と来たら、

世田谷に移って　中島の父とたか、子どもたちで横浜から世田谷に居を移した。父は中島に代わり、横浜高等女学校に勤めていた。翌年に東京へ戻った中島もこの世田谷の家に移り、死ぬまで生活した。なお、この頃の世田谷は田舎町で山間部からの風が冷たく、体の弱い中島が住むには環境が適していなかった。そのため中島自身は横浜か鎌倉に住むことを望んでいた。

お前達の様子は八月三十日あたりから、まるで判《ワカ》っていないんだからね。今日は夏島国民学校の運動会。一寸のぞいて見た。ひどくセマイ運動場に、まあ何と沢山の人が集まったことよ！　九十度の炎《エン》熱の下《モト》の運動会は、はじめてだ。一年生、二年生のユウギを見ていると、去年、シンペイさんの、シンペイさんの、ニチヨウビ、を練習していた桓を思出す。今年の運動会には、桓も出られたろうね。桓！　桓！　丈夫にそだってくれ、頭なんか、ニブイ方がいい。ただ丈夫でスナオな人間になってくれ。そして格と仲良くしてくれ。《略》

11月5日

《略》昨日、お前の手紙二通受取った。久しぶりなので大変嬉しかった。随分長い手紙を書いたね。長い手紙はうれしいが、お前は今とても忙しいのだから、無理して書かなくても宜しい。一月に二度ぐらい、子供等の様子を知らせてくれれば、それで良い。桓も格も元気だというので安心したが、肝腎《カンジン》のお前が働きつかれては何にもならない。はたらき過ぎちゃだめだよ。格は可愛いだろうな、格と遊びたいな。桓も、オレと離れていると、今までのオレ式の育て方と違った風に、育てられて行くのが少し残念だな。オレも何度、本気で、お前達を南洋に呼ぶことを考えたか知れないが、どう考えても、子供の健康と教育の上から、南洋は思わしくないんだ。それに、今度、旅行して色んな人に会って見て、驚いたんだが、南洋は、日本婦人の身体に大変良くないようだ。南洋で良人《おっと》に死なれた奥さんは少いのに、細君に死なれた男が実に多いんだよ。勿論、南洋で幼児を、なくした（大抵は、腹の病気で、）人なんか、数えきれない。こんな例を見ると、いくらオレが寂しくとも、お前達を呼ぼうという気になれない。ただ自分の仕事に早く区切をつけて、そちらへ帰りたいと思うんだ。しかし、時局の都合で、どうなるやら、一月《ひとつき》さきのことも判らない今の時世《ジセイ》だから、思う通りには行かないかも知れない。が、まあまあ、希望をもって、ガンバって行こうじゃないか。生活に無理のない程度に、貯金でも少しずつしながら、オレが内地へ帰ってからの生活を楽しみにしていてくれ。三十円でも四十円でも、いくらでも良いじゃないか。今まで、無かったのにくらべれば。

《略》所で、タカ助は、まあ、なんと、オレをひいきにすることよ！　だ。

※中島の食事環境は、滞在する島によって変化していた。魚も食べられず、バナナさえ手に入らない島もあったようで、そんな時は栄養を確保するためにヤシの実を活用していた。

あんまりオレびいきになり過ぎるから、色々と神経質《シンケイシツ》になるんだ。もうオレも身体の工合が大変に良くなったんだから安心しろ。今までは随分《ズイブン》、かなしい知らせばかりやってお前を泣かせすぎたようだな。カンベンしろよ。《略》

12月2日

《略》○毎晩毎晩、良い月夜がつづく。夕方、まだ暗くならない中に、月が明るく輝《かがや》き出すので、夜中過まで、ずうっと、暗くならずに、明るさが続く。東京は近頃晴れているかな? そちらで見る月はさぞ寒々《さむざむ》としてるだろうな。こっちではウチワを使いながら、月を見てるんだが。サイパンは道が良く、広く、真白な砂の道(そのかわり、昼間のまぶしいこと! 日よけめがねを掛けなくちゃ、とても歩けない)だから、月夜の散歩は、とても、気持が良い。毎晩一時間か二時間はブラブラ歩き廻る。途中で、犬にふざけたり、島民児童と話をしたりしながら。所々の木の陰に、牛や山羊の寝ているのも面白い。月の光は明るくて美しいが、しかし、寂しいなあ!《略》

※翌年3月、東京勤務を希望して中島は日本へと帰国した。これと前後して作品の雑誌掲載が決まっていくが、運悪くぜんそくの症状が悪化。12月に命を落とした。最後は背中をさするたかの胸の中で、息を引き取ったという。

九、国木田独歩の章

モテ男だった独歩

国木田独歩《くにきだどっぽ》は作家としてデビューする前、ジャーナリストとして活動していた。日清戦争時に軍艦千代田に乗船し、戦況を記録して『愛弟通信《あいていつうしん》』を発表。書簡体風のスタイルが好評を得て、名が知られるようになっていた。

帰国後の1895年6月、独歩は従軍記者の慰労会に招待された。そこで主催者の娘・佐々城信子《さ099さきのぶこ》に出会うと、熱烈な恋に落ちることとなる。独歩は23歳、信子は16歳だった。

しかし、信子は医家の令嬢だったのに対し、独歩は東京専門学校中退の、かけだしの記者。身分違いの恋だったため、信子の両親は結婚に猛反対した。それでも、若い二人は恋の障害をものともせず、信子を勘当させるという離れ業で結婚にまでこぎつける。その間に独歩は信子を励ますべく、手紙で信子を何度も鼓舞していた。

だが、二人の結婚生活は、長くは続かなかった。独歩は熱心なクリスチャンで、生活態度はストイックそのもの。信子は貧しい日々を強いられ、さらには独歩の理想主義的なおしつけがましさに悩まされた。耐えられなくなった信子はついに家から失踪。のちに離婚の意思を伝え、結婚生活は半年で終わりを迎えた。

独歩は狂乱状態に陥るほどふさいだが、小説を書き、さらには下宿先の隣家・榎本治《はる》と接するうちに落ち着きを取り戻すようになる。離婚から2年後には治と再婚。貧乏生活は変わらず、愛人を家に連れ込んだこともあったが、治は独歩を最後まで見捨てなかった。

【上段】佐々城信子（左）と国木田独歩（右／国会図書館所蔵）

独歩は禁欲的な生活にあこがれ、開拓間もない北海道への入植を夢見た。実際、1895年9月には信子と生活するために一時北海道にわたっている（信子が行けなかったため東京に戻っているが）。信子は信子で新聞事業を興すことを目指しており、独歩に会った頃はアメリカ行きの計画も立てるという、行動的な女性だった。

【下段】独歩と妻・治

信子との失恋から2年後、独歩は榎本治と再婚。この年には『今の武蔵野』（のち『武蔵野』と改題）を発表するなど、作家生活を本格化させている。

国木田独歩から佐々城信子への手紙
――良家の令嬢と駆け落ちする新聞記者

1895（明治28）年　23歳

10月7日　麹町区富士見町より

余は今日に至り、猶《な》ほ御身を呼ぶに信子様よといふ時は、何となく他人がましく心に感ぜられて甚《はなは》だ面白からざる様に相成《あいな》り候間《そうろうあいだ》、今後、時にわが信子よと親しく呼ぶことを許し候へ。

御身の夫は今《い》ま殆んど感激の絶頂に在《あ》り。御身の夫は御身の母が加へたる侮辱の言葉を聞き深く御身に語りたきものを有す。

夫が侮辱せられたる時に当《あた》り、其《その》遺憾を感ずる事の深きは夫自身よりも妻なり。最愛の夫の受けたる侮辱に対しては妻は身も霊も捨てて之を雪《そそ》ぐの覚悟生ずるもの也。御身は余が如何《いか》なる性質の人間なるかを知る。

※読みやすさを考慮して句読点をうった箇所があります。

~間　「~なので」の意。

豊寿《とよじゅ》氏より受けたる侮辱を能《よ》くも忍耐し居るは、全く御身に注ぐ愛のためなるを知る。余は熱涙《ねつるい》を呑みつつ御身の愛のために凡《すべ》ての侮辱を忍びつつあるなり。

余も一個の男子也。

『あんな奴と何故に約束したるか』

てふ如き言葉を聞き、心頭《しんとう》火を発するの憤怒なき能《あた》はず。されど余は、

『信子のために忍べ、ただ最愛なる信子のために』

無念の熱涙雨の如く落つるとも、ただ此の至苦絶痛なる忍耐を以て弟の憤怒をも友人の怒をも圧《おさ》へつつあり。最愛の信子よ。御身も無念とは思はざるか。信子よ。起《た》てよ。奮《ふる》へよ。決死せよ。吾等一体はあらゆる障害を排して一体の実を遂げ、奮激勉励、必ず此の大侮辱をそそがざる可からざる也。

母が御身の夫を知らずして侮辱する時、御身は御身の永生の夫を誇る可きなり。

今日の御身ほど、女性の最高美所を発揮するに適したる時はあらず。御身の全心の愛を注ぎたる人のために、御身の愛の如何に高潔深甚《しんじん》なるかを示

豊寿　信子の母のこと。日本基督教矯風会の幹事で、女性の権利運動に熱心だった。信子と独歩の結婚に強く反対していた。

てふ　「〜という」の意。

能はず　「〜できない」の意。

すも実に此時也《このときなり》。

信子よ、最愛の信子よ願《ねがわ》くは御身如何なる場合にも、御身が彼の林間寂寞《せきばく》の境に、余の胸に顔を置き微笑したる天使の愛、赤児の天真、恋愛の最美を失う勿《なか》れ。静かに深く余なる夫を信じ、冬の夜の静けき祈祷者の如き平和慰藉《いしゃ》を御身の懐に求め給へ。

嗚呼《ああ》わが愛、片時たりとも御身の上を離れざる也。《略》

10月8日　麹町区富士見町より

万事《ばんじ》サテ置き、至急申上げ度《た》き事あり。

今や吾等最後の決心を示す可き時来《きた》り申し候。徳富氏より来書《らいしょ》あり、又た収二《しゅうじ》より伝言あり。徳富君の意見は左の如し。

豊寿氏は小生の人品《じんぴん》に関する非常なる事を並べ立てられし由。収二の名誉に関し、友人の名誉にも関する事なり。故に今にして男らしく思い切る可し云々。

思ふに例の聞くも忌《い》ま忌《い》ま敷《し》き事と存じ候。アア、吾等は已にありもせぬ卑陋《ひろう》の事を吹聴せられ、ただに吾等の愛を踏みつけらるるのみならず、

寂寞　ものしずかでさびしい様子。「林間」もここでは同じく静かなイメージを伝えるための語句。

徳富氏　徳富蘇峰のこと。独歩は蘇峰が刊行する「国民新聞」の記者。

収二　独歩の弟。兄とともに「国民新聞」で働いていた。

人品　その人の品格。

《国木田独歩から佐々城信子への手紙》

友人の信を失はしむる程の讒謗《ざんぼう》をさへ豊寿氏より受くるに至り申し候。小生何の顔ありて再び徳富君に面せん。

小生の無念さ御察し被下度候《くだされたくそうろう》。

且つ徳富氏は収二に向て繰り返し繰り返し言はれし由、何《ど》の点より見るも信子氏の決心も極めて薄弱なるが如し云々。

故に思ひ切れとの意見に候。

小生の無念さ御察しあれ。

故に小生御身に申上げ候。小生最早《もはや》、絶体絶命なり。小生は断じて思ひ切ると言ふが如き浅ましき事を言ふ能はず。さりとて豊寿氏より受けたる大侮辱を忍ぶ能はず。

御身の夫は今ま徒《いたず》らに熱涙を呑みつつあり。御身の立つ可き時来り候。吾等は是非此の恥辱をそそがざる可からず。死すとも。

御身に断乎たる決心を望む。吾等をして軽薄なる恋愛者の名を被らしむる勿れ。

熱涙以て共に必至の戦を始めざる可からず。徳富君の曰く、信子さんにして哲夫《てつお》と共に『虎ふす野辺《のべ》まで』の大決心あれば兎《と》も角《かく》も云々。

卑陋（ひろう）　いやしい、浅はかの意。
讒謗　ありもしないことを言って貶めること。
哲夫　独歩の本名。なお、独歩というペンネームを使うのは、信子と別れた後。
虎ふす野辺　未踏の地、未開の土地の意。

吾等にして今、断乎たる決心を以て戦ひ必ず愛の深甚なる実を行ふに非ずんば恥辱の上の大恥辱にて小生の如き再び世に顔を出す能はざるに至るなり。

信子。互ひの愛も今ぞ。願くは御身の夫の命を救へ。

遠藤姉妹よりの策に従ひ断然、母きかざる時は、着のみ着のままにて遠藤氏に投ずべし。吾等は天涯地角、是非とも一体の実を示し此の大恥辱をそそがざる可からず。

小生の決心山の如し。思ひ切るところの事に非ず。小生の愛はそんな浅薄の者に非ず。

立てよ信子。母に向て言へ、

　信子は如何なる事ありとも哲夫氏の妻なり。

　且つ死するとも受けたる大侮辱を雪ぐの覚悟在り

神は必ず吾等を守り給はん。

断じて行へば鬼神も避くの古語は今日の場合に候ぞ。《略》

10月20日　麹町区富士見町より

遠藤姉妹　信子の女学校時代の友人・遠藤よきとその姉。独歩と信子の助けになってくれていた。

《国木田独歩から佐々城信子への手紙》

《略》信子よ勝利は近づけり、今後二ヶ月の戦なるぞ。あらゆる手段を以て攻め寄せ来らん。吾等はただ一個、曰く、誠実を以て王となし、忍耐を以て武器となし、大胆を以て兵となし、最後まで戦はんのみ。決して決して決して屈す可からず。天下の人悉く吾等二人を罵り、笑ひ、捨つるとも、吾等だに厳然として立たば、天下すらも遂に吾等に帰せん。『強きものは勝つ』。是れ社会に立つ大秘訣なり。小生は御身と相見て相愛し始めたる時より今日に至るまでの事実を悉く記述し置き、たとひ吾等二人、いよいよの処に至るとも天下後世、吾等の赤心を泣くものあらんが為に「悲恋」と題し一種の書置きを認め置く積にて今夜より着手すべし。アア吾が信子よ、安かれ、天地悠々、此の不思議の大宇宙に立つ人間にあらずや。一念動く勿れ。笑て最後の幕を待て。それまでは鮮血ほとばしるとも一歩だもゆづる勿れ。勝利は吾等のものなり。勝利とは必ずしも地上のものにあらず、吾等の「愛」をして勝利者ならしめよ。止むなくんば肉を捨てん。是れ今日御身及び余の確信なるぞ。《略》

※信子の両親は結婚に反対し続けたが、しぶしぶ了承。11月11日に知人宅にてごく簡素なかたちで結婚式が行われた。信子は勘当され、ふたりは1年の間東京を離れて暮らすこととなるが、念願かなった独歩は非常に喜んだ。日記には「吾が恋愛は遂に勝ちたり」「われは遂に信子を得たり」と記されている。結婚後、二人は神奈川の逗子で非常に簡素な生活を始めた。

国木田独歩から榎本治への手紙
――大失恋を乗り越えて再婚

1898（明治31）年　27歳

7月17日（年月不明・推定）

わが心の底には限りなき憂あり、この愛を語りてわれをなぐさむるもの此世に君の外あらず、君を恋ふる心いやまして君を思ふこと朝夕たゆる時なし、恋しき君よ、君の外にわが慰めの人なくわれの外に君の深き情を知るものなし、君は人目なき野のきりぎりすを羨《うらや》めど、われは最早此世あきはてたり。君とすら言葉交《か》はすこと思ふままならず、世はまことにあじきなくなりぬ。われはきみの言葉守りて酒のまず暮らせど、心の苦はいよいよ強し。君よ、君は昔の君にあらず。今の君は情高く心清く、とてもわれならでは君のまことの恋人となり得るものなし。このごろの君は実に昔の君

あじきなく　どうしようもない、思うようにならない、の意。

にあらず。君よ、必ずあだなる誘に従ひ玉ふな。此世に君ありて猶行末の契永きを思へば、われは勇みて此世に勝たん。君も忍び玉へ。必ずわが妻たることを忘れ玉ふな。君の夫となり得るもの、今はただ此吾のみ。わが妻となり得るもの、今はただ君のみ。君よ、深き恋と高き操とに泣き玉へ。われ必ず今の君を救ふべし。早く逢ひたし。ひそかに吾宅に来りてもよし。いかなる場処《ばしょ》にてもよし。君の心も同じき様なり。堪へ難し堪へ難し。此ままにて猶ほ十日も立たばわれは此胸さけ了《おわ》るべし、ああ恋しきつまよ。手紙にても玉はれ、然らずんはわれ堪へ難し。

十七日　　　　君のつま

わが恋しき妻なる治子様

※1898年8月、治が19歳になる年に、二人は結婚。4人の子どもを授かった。

十、谷崎潤一郎の章

年をとっても健在

『細雪《ささめゆき》』『瘋癲老人日記《ふうてんろうじんにっき》』などで唯一無二の世界観をつくりあげた谷崎潤一郎。実はこれらの作品には、二人の女性が大きな影響を与えていた。それが三度目の妻・松子《まつこ》と、義理の娘・渡辺千萬子《ちまこ》だ。

松子は大阪の豪商の夫人で、実家は大阪有数の造船会社一族。谷崎とは1927年3月に出会った。愛読していた芥川に会えることとなってその下宿先へ行くと、彼の友人で大阪在住の谷崎も同席していたのだ。

これを機に、ふたりの交流は始まる。このとき松子は24歳、谷崎は40歳。互いに既婚の身だったが、谷崎は松子に特別な感情を抱き続けたようだ。この頃、谷崎は一度目の妻と別れ、二度目の妻を迎えたが、夫婦関係はすぐにうまくいかなくなった。そんな中で松子も夫と別れると、二人の距離は急接近。谷崎は松子への崇拝・服従の気持ちを手紙にしためるようになる。そして1935年、ついに結婚。この想いが『盲目物語《もうもくものがたり》』『春琴抄《しゅんきんしょう》』『細雪』などの名作へ昇華されていった。

結婚から約20年後、谷崎はもうひとりの特別な女性・渡辺千萬子に出会った。松子が前夫ともうけた息子の嫁である。ややこしいが息子は松子の妹の養子となっていたため、谷崎にとって、千萬子は義理の姪《めい》でもあった。千萬子は日本画家・橋本関雪《かんせつ》の孫で英文学の素養をもった才女。40歳以上も年の差があるが、谷崎は千萬子に惹かれた。崇拝する女性に仕えるというある種の使命感で『瘋癲老人日記』などを生み出したが、松子とその妹の重子に問題視され、灸をすえられることになる。

【左】谷崎潤一郎と妻・松子

松子は三度目の妻。一度目の結婚は29歳の時に芸妓の石川千代と、二度目は45歳の時に編集者の古川丁未子と。丁未子との結婚から4年後に松子と結婚した。

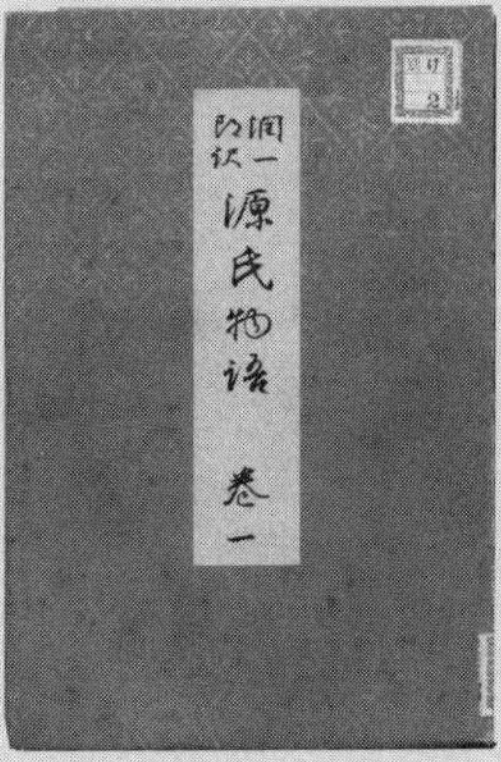

【上】『盲目物語』口絵と谷崎潤一郎による現代語訳版『源氏物語』表紙

『盲目物語』は、織田信長の妹お市の人生を、彼女に仕えた盲目の按摩師の視点から描き出す作品。口絵はお市の娘・茶々。モデルが松子だったということで、谷崎は制作者に掲載を頼んだという。結婚後に『源氏物語』の現代語訳の依頼がくるが、谷崎は以前から「御寮人様ほど源氏を読み遊ばすのに似つかわしい方がいらっしゃいましょうか」と松子に『源氏物語』を読むよう勧めていた（右／国会図書館所蔵）

谷崎潤一郎から根津松子への手紙

——三度目の妻に己を捧げる

1932（昭和7）年　46歳

9月2日

《略》自分を主人の娘と思えとの御言葉でございましたが、その仰《おお》せがなくともとくより私はそう思って居りました。一生あなた様に御仕え申すことが出来ましたら、たといそのために身を亡ぼしてもそれか〔が〕私には無上の幸福でございます、はじめて御目にかかりました日からぼんやりそう感じておりましたが、殊にこの四五年来はあな〔た〕様の御蔭《おかげ》にて自分の芸術の行きつまりが開けて来たように思います、私には崇拝する高貴の女性か〔が〕なければ思うように創作か〔が〕出来ないのでございますが、それがようよう今日になって始めてそう云う御方様にめぐり合うことか出来たのでございます。実は去年の「盲目物語」なども始終あなた様の事を念頭に置き自分は盲目の按摩《あんま》のつもりで書きました、今後あなた様の御蔭にて私の芸術の境地はきっと豊富になることと存じます、たとい離れておりましてもあなた様のことさえ思っておりましたらそれで私には無限の創作力が湧いて参ります。

しかし誤解を遊ばしては困ります。私に取りましては芸術のためのあなた様ではなく、あなた様のための芸術でございます、もし幸いに私の芸術が後世まで残るものならばそれはあな《[た]》様というものを伝えるためと思召して下さいまし。勿論《もちろん》そんな事を今直ぐ世間に悟られては困りますが、いつかはそれも分る時機《じき》か来るとおもいます、さればあな《[た]》様なしには私の今後の芸術は成り立ちませぬ、もしあなた様と芸術とが両立しなくなれば私は喜んで芸術の方を捨ててしまいます。

何の用事もございませぬが、四五日御目にかかれませぬのでこの手紙を認めました。多分五日か六日の午後に御うかがいいたします。今日から御主人様と呼ばして頂きます。

九月二日　　潤一郎

御主人様

侍女

10月1日（1932年推定）

《略》だんだん御会いすればする程、気位の御高いあなた様の前へ出ましてはいよいよ身分の相違がはっきりして来て私は自分がいかに分不相応の思いにこがれているかということがはっきりして参りまして勿体《もったい》ない気がするばかりでございます、こうしておりますと、あなた様というものがしまいにはますます貴く見え出して、神様のように思えて来るでございましょう、これではとても夫婦などという気にはなれませぬ、一生主従の関係で居る外はございませぬ、先日のように御腰をもませて頂きますのがどんなに私には幸福に感ぜられますか、その心持ちはとてもあなた様には御分りになるまいと存じます、私をいじめてやるのが面白いと仰っしゃいましたが、どうぞどうぞ御気に召しますまで御いじめ遊ばして下さいまし、体も心も差し上げました私でございますから、どんな辛抱でも御奉公でもいたします。何処《どこ》まで私があなた様に忠実であるか御試しめ［ママ］になって下さいまし。
では今晩御目にかかりまして詳しく申上げます。

十月一日　　　　潤一郎

御主人様

　　侍女

10月7日

御主人様、どうぞどうぞ御願いでございます、御機嫌を御直し遊は［ば］して下さいまし。ゆうべは帰りましてからも気にかかりまして又御写真のまえで御辞儀をしたり掌を合わせたりして、御腹立ちが癒へ［え］ますようにと一生懸命で御祈りいたしました。眠りましてからもじっと御睨み遊ばした御顔つきが眼先にちらついて恐ろしゅうございました、ほんとうにゆうべこそ泣いてしまいました、取るに足らぬ私のようなものでも可哀そうと思召して下さいまし。何卒御慈悲でございますから御かんべん遊はし［ば］て下さいまし、外のことは兎も角も私の心がぐらついていると仰っしゃいましたことだけは思いちがいを遊ばしていらっしゃいます、それだけはどうぞ御了解遊ばして下さいまし、そして今度伺いました節にはたった一と言「許してやる」とだけ仰っしゃって下さいまし。

先達、泣いてみろと仰っしゃいましたのに泣かなかったのは私が悪うございました、東京者はああいうところが剛情でいけないのだということがよく分りました、今度からは泣けと仰っしゃいましたら泣きます、その外御なぐさみになりますことならどんな真似でもいたします、むかしは十何人もの腰元衆《こしもとしゅう》を使っていらしった御方さま故、これからは私が腰元衆や御茶坊主や執事の代りを一人で勤めまして、御退窟《たいくつ》遊ばさないよう、昔と同じように御暮らし遊ばすようにいたします、御腹が癒えますまで思うさま我がままを仰っしゃって下さいまし、どんな難題でも御出し下さいまし、きっときっと御気に入りますように御奉公いたします、その代りどうぞどうぞあの誤解だけは御改め遊ばして下さいまし、外のことならば我がままを遊ばせば遊ばすだけ、私になさけをかけて下さるのだと思って、有難涙がこぼれる程に存じます、ほんとうに我がままを仰っしゃいます程、昔の御育ちがよく分って来て、ますます気高く御見えになります、こういう御主人様にならたとい御手討ちにあいましても本望でございます、恋愛というよりは、もっと献身的な、云わば宗教的な感情に近い崇拝の念が起って参ります、こんなことは今まで一度も経験したことがございません、西洋の小説には男子の上に君臨する偉い女性が出て参りますが日本にあなた様のような御方がいらっしゃろうとは思いませんでした、もうもう私はあなた様のような御方に近づくことが出来ましたので、この世に何もこれ以上の望みはございません、決して決して身分不相応な事は申しませぬ故、一生私を御側において、御茶坊主のように思し召して御使い遊ばして下さいまし、御気に召しませぬ時はどんなにいじめて下すっても結構でございます、唯「もう用はないから暇を出す」と仰っしゃられるのが恐ろしゅうございます、

十二三日頃御うかがいいたすつもりで居りますがそのまえに今一度御文さしあげます、しげ子御嬢様にも何卒宜しく御伝え願い上げます、そのうち一度神戸へ参り根津様こいさまに御目にかかり度存《たくそんじ》ておりります、何卒何卒御きげん御直し下さりませ、これ、このように拝んでおります。

十月七日　　　　　　　　　　　　潤一郎

御主人様

侍女

10月17日（1932年推定）

先晩は久しぶりにて大阪へ御供することが出来、いろいろ御幼少の折の御話などきかせて頂きまして何ともなつかしく有難涙がご〔こ〕ぼれました、ああいう御話をうかがいますと、自分も大阪に生れてその時分から御出入させて頂いていたらどんなに楽しかったであろうと思われます、しかし私はきっと前世から奥様と主従関係があったのだろうと、そんな気がしてなりません、三世も四世も私は御家来でいとうござります《略》

十月十七日　　潤一郎拝

御寮人様

侍女

11月（推定）30日（1932年推定）

一昨夜はせっかく御機嫌よく御いで遊ばしましたところを帰りがけにえらいことを申してしま

いまして御機嫌を損じ今もなお胸をいためて居ります。くれぐれも私はあのことを気にかけて居るわけでハござりませぬ、ほんの座興に御話申し上げましたばかりでござりますから、何卒何卒御ゆるし下されますよう合掌いたします。

明一日にともかくも午後御宅さままで御うかがいいたしますから、御都合がおろよしゅうござりましたら御在宅を願上げます、森田様行ハ又別の日にいたしとうござりますが、一ぺん御目にかかり御許しの御言葉をいただきませぬと仕事が手につきませぬのでござります、何卒何卒御憐憫《れんびん》下されましてあのことハ御かんべん下されますよう懇願申上ます。

《略》今日の御手紙の御文章いつもに似ずごていねいな御言葉づかいをしていらっしゃいます、何だか又水くさいような気がいたします、どうぞ改まった御言葉は御やめ下さいませ、御願いいたします。

では明日万々

卅日　　　　　潤一郎

御寮人様

侍女

1933（昭和8）年　47歳

1月13日

先日は私といたしまして、つい身の程を知らぬことを申上げ、御勘気を蒙《こうむ》りますところを御許しを頂きまして有難く勿体なく存じます、かりにも御寮人様に対し何やら御意見がましきことを申上げましたのは全く私の粗忽《そこつ》でござります、決して御寮人様を軽んじたわけではござりませぬが、御叱りを蒙りましたのでどうしたらよいか自分で自分が分らなくなりまして、うろたえたのでござります、

御寮人様は「妾が其方を捨てるなら格別、其方の方から余所へ嫁に行らっしゃいと云うのは僭《せん》越《えつ》だ」と仰っしゃいましたが、私は決してそんなつもりで申上げたのではござりませぬ、何で私がそんな罰あたりな、分に過ぎたことを申しましょう、

万一御寮人様の御勘気に触れ御側において頂けないようになりましたら、自殺いたしますか高野山へ入って坊主になるか二つに一つときめているのでござります、これだけは今からハッキリ申し上げておきます、そしてそんな場合にも、口に筆に、御寮人様の御徳をたたえて死にたいと思っております、自分は御寮人様という世にも稀なるお方様のお陰で今日まで生きて来た、自分の芸術も御寮人様のお陰で出来た、と申すことをこの世に云いのこして死ぬ覚悟でござります、

それにつきましても今度と申す今度は身にしみじみと悟ったことがございます、と申しますのは、御寮人様はさすがに大勢の男女を召し使っていらっしゃいましたせいか、奉公人の心の中を鏡にかけて見るように御存知なされまして不都合な点は直ぐに御見つけ遊ばして御叱りなされ、又骨を折りましたときはおやさしい御言葉をかけて下さいます、

御寮人様は決して理由のない時に御叱り遊ばすようなことはなく、見とどけるところはちゃんと見とどけていて下さいますことがよく分りましてございます、おやさしく、御立派なばかりでなく、世が世ならば本当に万人の主となりなされますような器量をお持ち遊ばしていらっしゃいますことに、心づきましてございます、正直を申しますと、主従とは思いながら、まだ先日までは何処か心の奥底に多少夫婦と思うような感じが残っておりましたが、先日手をつかえて畏《かしこ》まっておりますうちに、自然とそんな生意気な感情は根こそぎ清算されてしまいました、もはや私は腹の底から御家来でございます、どんなときにも夫として御相手をいたすのではなく、召し使いとしてお伽を勤めるのでございます、これは御寮人様がそう云う風に私をお躾《しつ》けなされたというよりも、御寮人様に備わっていらっしゃる御徳のためでございます。

(欄外　御寮人様のことを聴き分けがないなどと申しましたのは、その実自分の方が物の道理が分るという風に慢心しておりましたのでございます、わたくしこそ却って御訓戒を頂くべきでございます、)

《谷崎潤一郎から根津松子への手紙》

御寮人様から御覧になりましたらば嘸《さぞ》かし私を気転の利かぬ阿呆な奴と思し召すことでございましょう、私も今まで自分をこんなに愚かとは思ってもおりませなんだのでございますが、御寮人様の前へ出ますと何やらすっかり奉公人根性になりまして、急に自分が卑しく、哀れに見え、十七八の丁稚《でっち》のようにいじけてしまうのでございます、そしてたまに御やさしい御言葉を頂きますと有難さが骨身に沁《し》みるのでございます、うれしいにつけ悲しいにつけ涙がむやみに出て参りますのも少年の昔に返ったような気がいたします、ほんとうに、何卒これからは私を年下の丁稚と思召して下さいませ、そして礼儀作法や言葉づかい等すべて大阪のお店風にお仕込み遊ばして下さりませ、勿体ないことでございますが、何卒わたくしというものを御自分様の手足のように思し召して御召し使い下さりませ、今に私も、御寮人様の御顔の色、御眼の色を見ただけですぐに御気持ちを酌み取り御用を足すようになりとうございます、日常の御身のまわりのこと一切を弁じまして、私がいないと片時も不便で困ると思し召して頂くようになりとうございます、

御寮人様、これが私の心を入れかえました第一信でございます、一両日中に第二信を差上げます故、何卒又それを御読み遊ばして下さりませ、まだもう二三日仕事が片づきませぬので、今日はこれで失礼させて頂きます

十三日

潤一郎拝

御寮人様

侍女

1月（推定）16日（1933年推定）

御寮人様、もはや今日で五日間も御暇をいただいておりまして重々相すまないことでござります、明十七日午後にはどうあっても一度御機嫌を伺いに出るつもりでござりますが、第二信を差上げます御約束をいたしました故この文を御末に持たせてやります、

その後御寮人様には如何御くらしでいらっしゃいますか、根津様も乱暴なことはなさいませぬか、私はそればかりを御案じ申上げております、そして仕事をいたしながらも時々ぼんやりと御寮人様の貴き御姿を胸に浮かべて考え込んでおります、（家来の身としてこんな勿体ないことを申しますのを御許し遊ばして下さりませ）わけても忘れられないのは先日御叱りを蒙りました時の御言葉の数々でござります、今でも私は御寮人様の御前に手をつかえているような気持ちでおります、この気持ちさえ一生たゆみなく持ちつづけましたら御奉公にも誤まりがなく勤められることと思っております、先日も申上げましたように、「潤一がいないと不便だ」と思し召して頂けるようになれると存じます、それから、一つ御寮人様へ御願いがあるのでござ

りますが、今日より召し使いにして頂きますしるしに、御寮人様より改めて奉公人らしい名前をつけて頂きたいのでござります、「潤一」と申す文字は奉公人らしゅうござりませぬ故「順市」か「順吉」ではいかがでござりましょうか。柔順に御勤めをいたしますことを忘れませぬように「順」の字をつけて頂きましたらどうでござりましょう。「潤一」の文字は小説家として売り込んでおりまする故、対世間的には矢張りそれを使いますことを御許し下されまして、御寮人様と御一族の御嬢様方は新しい文字を御使い下さいましたらバ有難う存じます、どうぞ御考えおき遊ばして下さりませ、尚々白状いたしますが、私の倚松庵《いしょうあん》という号は勿論のこと、花押の「」という字も御名前の「松」の字を取りましたのでござります、しかし花押は自分の名前の下へ書きますもの故、勿体ないと存じますので、近いうちに改めるつもりでおります。源氏湖月抄及び現代訳の第二巻を御届けいたします、今の世に、御寮人様ほど源氏を御読み遊ばすのに似つかわしい方がいらっしゃいましょうか、源氏は御寮人様が御読み遊ばすために出来ているような本でござります。

では明日午後に御伺いいたします故、御目通りを御許し遊《[ば]》はして下さりませ、あゆ子、お末、終平、岡さん等にもはや妹尾さんより全部打ち明け了解ずみでござりますからそのお思し召しでお末にも御言葉をおかけ下さりませ、尚々他日適当な機を見まして、御主人としてお仕え申すのだということも私から話そうと存じております、

十六日　潤一郎拝

御寮人様

侍女

6月17日

御寮人様、何卒何卒、先日の失礼は御ゆるし遊は《［ば］》して下さりませ、私の身として飛んでもないことを申上げ御怒り遊は《［ば］》すのも御道理でござります、もはや心の底の底までも召使いになりきった積りでおりますけれども、矢張り昔のくせが出ましてつい身分を顧みぬ無礼なことを申上げたのでございます、それ故今後は必ず注意仕りますが、泰公人の分際を忘れました場合には一々御とがめ下されまして、生意気な料簡が少しも残らぬよう御しつけ遊ばして下されますようこの上とも御願い申上げまする、先日も家来というのは形ばかりじゃ心の底からあるじとしてあがめていないと仰っしゃってでござりましたが、決してそんなつもりでハござりませぬけれども、唯々日頃友達などに対するわがままなくせがヒョイと出るのでござります、これもつまりは気が弛《ゆる》み心に油断があるせいでこさ《［ござ］》りましょう、現代の主従のようではいかぬ封建の世の主従のようにせよと仰っしゃっていらっしゃいましたのを今後は何処までも忘れぬように御奉公致します、そして御寮人様と私との今の世に珍しき伝奇的なる間柄を一つの美しい物語として後の世にまで伝えとうござります、ほんとうにその覚悟で居るのでござります。

御察人様はきびしき御しつけの中にも思いやりが御ありになり、慈悲深くいらっしゃいますことはこの頃になりよく分りましてござります、御自分様が御主人として人を御使い遊ばすのに細かい所にもよく気がおつきになり、奉公人の苦労のある所は御察し下さいましていたわって下さいます、成るほど人を使うにはああするものかなあと生意気ながらしみじみ有難く思うことがござります、そして御叱りの御言葉も御折檻《せっかん》も皆御主人様の御慈悲であると存じ、蔭ではいつも涙をこほ《〔ぼ〕》しているのでござります。

御寮人様、何卒何卒御機嫌を御直し遊は《〔ば〕》して下さりませ、あれから後毎日毎夜御写真の前にぬかづき御侘びを申上て居りますのを御聴き遊して下さりませ、私は、原稿を書きますのも御奉公の一つと考えせめて御留守の間に少しでも仕事をしておこうと存じまして勉強いたして居ります、二十日には東京より雑誌記者か《〔が〕》原稿を取りに参りますがそれも思召し次第にて時間のくり合せはと《〔ど〕》うにでもなるのでござります。何卒何卒一日も早う御帰り遊は《〔ば〕》しますよう御電話御待ち申上ます。御留守宅の御座敷も毎日勝ちゃんが花を取りかえ、御箪笥《たんす》の修膳《〔ママ〕》などもいたしてくれましてございます、御洗濯物などもきれいに皆いたしましていつ御帰り下されましても宜しいようにしてござります、（御箪笥の金具もシンチュウ研きにて研きました）

御主人様のいらっしゃらない家は淋しゅうござります故、奉公人一同に代りまし［て］御願申上ます。

十七日夕

御留守宅にて

順市

御主人様《略》

12月4日

御手紙ありがたく拝見仕《つかまつり》ました、私自分の淋しさを思いますにつけても勿躰《もったい》ないことながら嘸《さぞ》御淋しくいらっしゃいましょうと御察申上ております、毎晩御腰や御みあしを誰に揉ませていらっしゃいますか、御嬢様方ハ御遊びにいらっしゃいませぬか、御ちょうずの御世話など誰かに申付ていらっしゃいますか、お足のお爪はお伸びになりはいたしませぬか、何かにつけ御不自由のだん勿躰のうござります。

東京はその後、時候が戻りまして大変暖かになりました故、御安心下されませ。しかし上山の近所に大変安い洋物の仕立屋がございますので、そこで、ブシギヌのパッチを一つ作らせて頂いても宜しゅうございましょうか、先のはボロボロになって居りますので、どうせ一つは欲しいのでございますが、そちらで何ぞ有り合せのきれ地にて、作って頂いても（どんな仕立でも役に立てバ構いませぬ故）有難くございます。

お嬢様にも御詫び状を差上げようと存じながらまだ忙しくて暇がございませぬ、両三日中にしたためます故、宜しく御執《とり》なし願いとうござります。

尚、同封の如き記事がとうとう都新聞に出てしまいました、全然記者のデタラメでありまして草人の談話と申すものもマルデ違って居り草人はフンガイして居ります、しかしかかる記事が出た以上、鳥取にも聞えましょうし、至急何とかせねば丁未子《とみこ》も捨てておけまいと存じます、この切抜は妹尾家へも送てやり岡さんや何かと相談するよう申てやりました、或は健《〔ママ〕》さんがその事につき御寮人様へも御相談に出るかと思います。何事も私の方は御寮人様の御承諾を得てからきめる故、直接伺って下すっても宜しいと申てやりました、一応この記事を否定して丁未子の顔を立て、改めて丁未《〔子〕》と私が結婚解消をし友人として交際する旨、丁未子の友人達に知らせるのがよいと存ますが如何でございましょう。

幸い在京中故、この機会を利用出来ると存ます、併しこの際、御寮人様の御籍はお抜きになると却て目立ちます故、来年まで時機を御待ちになりましたらバ如何でこ《〔ござ〕》さりましょう、生意気ながら私の考えとして御耳に入れておきますのでございます。《略》

谷崎潤一郎から渡辺千萬子への手紙

――連れ子の嫁に身を捧ぐ

1959（昭和34）年　73歳

1月20日

又君のお手紙が一本殖《ふ》えたのを喜んでいます。

僕は君のスラックス姿が大好きです、あの姿を見ると何か文学的感興がわきます、そのうちきっとあれのインスピレーションで小説を書きます。

アノラックというのはどう云うものか知りません。この頃仮に雇ッている秘書の婦人（二十七八才女子大卒アメリカ旅行をして来た女）にきいてやっとわかりました、身長の高いのだけが君に似ていますが他は勿論君と比較にもならない婦人です。

東京でいろいろ買いたいものがある由、僕は自分の物を買うより楽しみです。遠慮なく僕をスポンサーにして下さい。僕はそれをこの上もなく光栄に思い且喜《かつ》びにします。但し病中は自分で上京出来ず小滝を使ってソッと現金を持って来させているのでこちらへおいでになる前になるべく金額を知らしておいて下さる方が便利です。

又君の歌がたくさん出来そうです《略》

2月16日

《略》あなたは「私には意地の悪い性質がある」と自分でも云っておられましたが、病院のおじいちゃんも熱海の二人のバアバも君を尊敬し畏れている反面、君にそう云う短所のあることを認めているようです、あなたが自分でそう云う以上、それは事実かもしれませんが、私はまだ実際にあなたのそれを見せて貰ったことがありません。あなたが私に遠慮しているのだとすれば私はむしろあなたを水臭く感じます。あなたに意地悪されるくらいで私の崇拝の情は変るものではありません。

橋本家高折家を通じて故関雪《かんせつ》翁の天才の一部を伝えている人はあなた一人だと思います。あなたの顔や手脚には、その天才の閃きがかがやいて見えそれ故に一層美しく見えるのです。しかし天才者には大概意地悪のような欠点があるものなのであなたの場合もそれなのでしょう。つまりあなたは鋭利な刃物過ぎるのです。その欠点は直せるものなら直すに越したことはありませんが、少なくとも私だけには遠慮する必要はありません。私はむしろ鋭利な刃物でぴしぴし叩き鍛えてもらいたいのです。そうしたらいくらか老鈍さが救われるでしょう。あなたのことは正直に書き出すと際限がありませんから今日はこれだけにしておきます。あまり無遠慮に書き過ぎて赦《ゆる》して下さい《略》

3月8日

《略》先日新潮社の佐藤亮一氏が来訪して志賀高原の話が出、君の噂が出て、どんな方だったか写真を見せて下さいと云うのであのホテルで撮った写真（パッパのバーバとたをりと君と三人のもの）を見せました、今度お目にかかったら忘れず御挨拶します。清宮様に似ていらっしゃいますねと云うことでした。家内もそれには同感でしたが、私に云わせれば清宮様（編集部注：昭和天皇の第五皇女）などあなたには比較になりません、くらべられて迷惑です。

あなたから手紙をいただくのは私の方は少しも迷惑ではありませんから御遠慮には及びません、お手紙を見ると病気のことなどいつも忘れてしまいます。ただあまりうる[さ]く差上げては悪くはないかと私の方が遠慮しているだけのことです。

今月はお目にかかれることと思っています。何かまたお買物はありませんか。

《略》署名の下に千萬子拝と「拝」の字を書くのは他人行儀ですからもうやめて下さい。

3月16日

《略》あなたは清宮様に似ていて、光栄だなんて云われますが、それは自分で自分の立派さ美しさを知らないのです。私の眼にはあなたの方がどんなに気高く有難く見えるか分りません、今までにあなたが最も美しく見えた時が二度ありました、それも今度お会いした時に申します、私はいつかはそれを小説中に使おうと思っています。

ではいずれ拝顔の節。

《略》「拝」はやはり感じが悪いから止めてくれませんかでなければ私も「拝」をつけます。

1961（昭和36）年　75歳

1月25日

お手紙拝見しました、扇お気に召して安心しました、僕は君のためならどんな高価なものでも高価とは思いません、そんな御遠慮は御無用です、ただ貧乏なのでもっともっと高価なものを買て上げられないのを残念に思うだけです。

三月に来て下さるかも知れない由、大変うれしいですが無理をしないようにして下さい、四月には東京にも子供ができますが、僕はより賢くて美しい子が生れる五月を遥かに楽しみにしています。そして五月には是非飛んで行きます。いろいろのスタイルの写真を撮て下さる由、それもこの上なく楽しみにし〔て〕います、先日の写真も毎晩そっと取り出して眺めています。早川書房で出しているロアルド・ダールのキス・キスと云う小説を読みましたか、僕〔は〕近頃あんな面白い短篇集を読んだことがありません、ダールにはハヤカワ・ポケットミステリーにも「あなたに似た人」と云うのがあるそうですが、それとは違います、御一読の上感想をきかせて下さい（君の言葉は何でもすべて参考になります）《略》

1962（昭和37）年　76歳

7月4日

昨日は電話で御無事を知り安心しました。

出発の際は生憎来客が多くて君とゆっくり話が出来ず残念でした。云いわすれましたが桜の下で君と撮ったカラー写真（二枚？）適当に拡大して送って下さい。費用は負担しますから遠慮なくお申越し下さい。「虫の音」のこと君から病院の先生を通じて八千代さんに話して下さい。

二十九日の会場はフジヤホテルと確定。

海外旅行の件、君が同行して下さるときき急に気分にハリが出て来ました。一日も早く健康に

なりたい《略》

7月17日
写真早速送って下すって有難う。

ここに封入してある二枚を拡大して下さい、君一人の分はこう云う風に切り取って大きくして下さい、どちらもこの四倍ぐらいの大きさにして下さい。

尾ノ道の君の横向きの写真も願います。

「千萬子百態」と云う題にして君一人だけのアルバムを作りたいと思います《略》

7月18日（代筆）
今朝の速達便御覧になったことと思いますが、あれに封入してある二葉の写真は是非返送して戴きたくお願い申します《略》

7月21日
写真引伸ばし代金、忘れないうちに送っておきます。
この間或る人から「君には誰かブレインが附いているんじゃないか、でなければ近頃の作品の

ようなものは書けそうもない」と云われました、そのブレインが一人の若き美女であることを知ったら驚くでしょう。《略》

8月10日

七日の夜はなかなか盛大で愉快な会でした。斎藤さんが浮かれて踊をおどりました、こんな事は珍しいことです。

夏は十二日まで名古屋に泊って、それから北白川へ行くそうです。子供二人つれて行きます。

ミネさんとシゲさんは来るかどうですか、来るとすれば何日頃になりますかお知らせ下さい、他にも泊りに来る客があるので、そちらの都合をなるべく早く知りたいのです。

たをりのおけいこは巧く行っていますか。

ピカソスピカソを春琴堂からあなたへ贈らせました。

この頃の私の書くものすべて君を頼りにし過ぎ、君に見て貰わないと不安を覚える癖がついたようです。これは警戒しなければいけないと思ていますが、むしろ完全に君によりかかってしまった方が安心ではないかとも思います。

どうせブレーンがあると思われるくらいなら《略》

《谷崎潤一郎から渡辺千萬子への手紙》

10月7日

お手紙拝見、

新聞の切抜の脚少しもキレイでないのに呆れました。君の脚の方がどんなに魅力的だか知れない。

《略》

11月10日

今朝は電話でお声をきくことが出来、あれだけでも創作力が湧きました。

熱海においでになる度に僅かばかりのものを差上げてあなたからお礼を云われると私の方もテレるのです、これからはハンドバッグの中などへ黙ってそっと入れておき、あなたも受取て知らん顔をしていて下さる訳には行かないでしょうか、あなたに恥をかかせるような方法でれいれいしく差上げていたのは私の不行きとどきでした、黙って受取て知らん顔をしていて下さればお互いに気持ちがいいと思いますがいかがでしょうか。

もうこの事に関しては手紙をお書きにならないで下さい。今度お目にかかり簡単に取りきめましょう《略》

12月5日

「台所太平記」の末尾のところ、女中たちの喜寿の会にしてよかったと思いました。家内があすこを大変いい思いつきだと云いましたので、アナタの思いつきだと云ったらひどく感心していました。

志那沓《くつ》お気に召して結構でした。あのアナタの足型の紙は私が戴いておきたいので御返送下さい。新しく書いて下すっても結構です。

鹿ヶ谷の地所にアナタの家を建てること大賛成です。そうしたら私たちも泊りに行けます。死後もそばにいられます《略》

12月10日

台所太平記の末尾、早速アナタの御指摘に会いギクリとしました。本日家内宛のお手紙にもそのことが書いてあるのを見、恐くなりました、ああ書いてしまったものを書き直すことはなかなか困難ですが、単刊〔行〕本の時に何とかするつもりです。しかし今となってお気に入るように直せるかどうか疑問です。

老人はややともすると気力がゆるみダレ気味になります。今後もどうかドシドシ活を入れて下さい。アナタに厳しく叱りつけて貰うことが是非必要だと思います。

もう一つ君に叱られそうなことがあるのですがお目にかかってから申します《略》

1963（昭和38）年　77歳

1月11日

いろいろ将来の計画など考えてアナタの御意見を聞きたいと思っていたのですが今度は二人きりで話す機会がなく残念でした。

一昨日の雪げしき描写の御手紙を拝見して又感嘆しました。先日の志賀高原のと併せて今度婦人公論で発表することをお許し下さい。

志賀高原のは先日お話し下すったようなのをもっとかき加えて下されば素晴らしいと思います
第二便のような形にして。

アナタのお手紙だけを集めて「千萬子の手紙」と云うような単行本をいずれ出したいです。

「中央公論」より「婦人公論」にせよと云うお話でしたから今度はそうします。

正月四日吟
天に星地に千萬子ありけふの春《略》

1月23日

あなたから戴いたお手紙は誰から誰に宛てて書いたものか一般読者には分らないようにして載せることにしました。私は実はアナタと云う人を少しでもひろく読者に知らせたいのですが、これは他日単行本の際に「ちま子の手紙」と明記します、それでなくても分る人には分る筈ですが、毎日の賞を貰いましたので僅ばかりですが三人宛に封入いたします（家内に家計不足だからと云われて五十万円取られてしまいました）なお別に十万円同封いたしました、これはアナタ様に使って戴きます。「フウテン老人日記」に対する賞なのですから百万円全部アナタがお取りになるのが当然かも知れませんが。

お手紙の原稿料は勿論あなた様が公然お取りになるべきものと思っております。いくら貰えるか分かりませんがお急ぎならば先に一部分お送りします。

台所太平記の配役、こんな風にしたらどうかと会社から云て来ました。御意見お洩らし下さい、まだ変更できるのです《略》

1月27日

（引き伸ばした写真三枚在中。便箋に）

これでも美人でないかと云って、この写真を皆にお見せなさい。

2月1日

お金のことをアナタに直接話すのは失礼かも知れませんがおゆるし下さい。ミンクのこと、家内たちに知れると少し工合の悪いことが出来ましたので、ちょっと待って下さい、私は二十万円全部でもあなたのためなら喜んで出します。もっとでも出します、又出す用意もあります、しかしどうしても家族たちに感づかれる理由があります。十万円でも工合が悪いのです、何か感づかれないようなうまい方法を思いつくまで待て下さい。今度おいでになった時に相談したのでは間に合いませんか（しかし私は何とかしてアナタがミンクを着たところが見たいのです）今のところ先ず五万円のストールを作って見てはどうですか、手紙やデンワではとても云えない理由があるのです。お目にかかってからにします。

写真の人の返事を待ています。

五万円ならすぐにでも送ります、それくらいは知れても差支ありません。

二月一日　　　　　　　　　　　　　潤

千萬子様
どうかくれぐれもおゆるし下さい。

谷崎潤一郎から渡辺重子への手紙

——義理の妹に千萬子との関係に灸をすえられる

1963（昭和38）年　77歳

10月3日　渡辺重子宛

先日千萬子との出来事ハ家人より詳しくうかがいましたが、あなた様の仰せの方が一々御尤もでお道理だと思います。千萬子は私におき手紙を残して詫びていましたが私からはあれきりまだ返事を出さずにおります。

私は千萬子が好きでありました、ものを書く上でもいろいろ役に立ってくれました、しかしかりにも彼女をあなた様のような方と同列には思っておりません、気品の高さ、芸術的香気のゆたかさ、そう言うものはあな[た]様の特有で彼女にはありません。

今後は努めて彼女を悪く刺激しないようにして少しずつ私のその心持を彼女にも巧く理解させるようにいたします。

何卒おゆるし下さい。
別に御返事には及びません。

三日

潤一郎

重子様

千萬子は口では負けおしみを言いましてもアナタ様の仰っしゃったことは十分胸にこたえたと思います、いいことはなすったと存じます。

表記について

・旧仮名づかいは、新仮名づかいに改めました。
・旧字体は、原則として新字体に改めました。
・「ゝ」「ヽ」「〱」などの一部の繰り返し記号は、漢字・ひらがな・カタカナ表記に改めました。
・「輯→集」のように、一部の当用漢字以外の字を置き換えています。
・口語体のうち、以下の漢字表記の代名詞・副詞・接続詞は、読みやすさを考慮して平仮名に改めました。

之・是・此れ（此）→これ
此の（此）・斯の（斯）→この
迄→まで
斯く→かく
斯う→こう
抔→など

呉れ→くれ
丈・丈け→だけ
茲→ここ
儘→まま

・誤字と思われる箇所には［ママ］［(正しいと思われる漢字)］とルビを、明らかな脱字があれば［(抜けていると思われる文字)］とルビをふっています。また、出典として用いた全集で採用されている新表記も参考にしています。
・読みやすさを考慮して、一部の漢字にルビをふっています。
・日記や手紙には、読みやすさを考慮して句読点と改行を適宜加えています。
・作家の年齢は基本的には実年齢で記しています。
・一部の作品には、制作年代の下に作家の年齢（その年に誕生日を迎えた際の年齢）を記しています。

本作品中には、今日の人権意識に照らして不当、不適切と思われる語句や表現がありますが、作品の時代背景と文学的価値とを考慮し、そのままとしました。

出典一覧

太宰治の章

《太宰静子への口説き文句》引用元・参考
12ページ『回想 太宰治（新装版）』野原一夫　新潮社（1998）
13、14、15ページ『太宰治全集』12巻　筑摩書房（1999）
《山崎富栄への口説き文句》
「雨の玉川心中」山崎富栄　学陽書房（1995）
「歓楽極まりて哀情多し」
『太宰治全集』11巻　筑摩書房（1999）
《佐藤春夫への手紙》
『佐藤春夫読本』　勉誠出版（2015）

中原中也の章

《長谷川泰子と中也》引用元・参考
30、31、32、34ページ『中原中也との愛』長谷川泰子
角川書店（1977）
33、35、36ページ『中原中也全集』4巻　角川書店（1968）
37ページ『人間の風景』高田博厚著　朝日新聞社（1972）
「我が生活」
『中原中也全集』3巻　角川書店（1967）
《中原中也と友人たち》引用元・参考
48、49、50、51、52、54ページ『中原中也全集』3巻
角川書店（1967）
53ページ『誰も語らなかった中原中也』PHP研究所（2007）

芥川龍之介の章

《芥川龍之介から女中・吉村千代への手紙》
『芥川龍之介未定稿集』岩波書店（1968）
《芥川龍之介から吉田弥生への手紙》
『芥川龍之介未定稿集』岩波書店（1968）
《失意の芥川龍之介》
『芥川龍之介全集』17巻　岩波書店（1997）
《芥川龍之介から塚本文への手紙》
『芥川龍之介全集』17・18巻　岩波書店（1997）

萩原朔太郎の章

《萩原朔太郎から北原白秋への手紙》
『萩原朔太郎全集』13巻　筑摩書房（1977）
《北原白秋から福島俊子への手紙》
『白秋全集』39巻　岩波書店（1988）

石川啄木の章

《石川啄木から菅原芳子への手紙》／《石川啄木から平井良子への手紙》／《石川啄木から友人への手紙》

『石川啄木全集』7巻　筑摩書房（1979）

《芳子の写真を受け取った日の日記》

『石川啄木全集』5巻　筑摩書房（1978）

斎藤茂吉の章

『斎藤茂吉・愛の手紙によせて』永井ふさ子　求龍堂（1981）

梶井基次郎の章

《宇野千代を意識した梶井基次郎》／《宇野千代の再婚を知って》

引用元・参考

140、143ページ『私の文学的回想』宇野千代　ゆまに書房（1993～1995）

141ページ、142、146ページ『評論梶井基次郎』大谷晃一　河出書房新社（1989）

144、145ページ「あの梶井基次郎の笑ひ声」宇野千代『梶井基次郎全集 全一巻』ちくま文庫（1986）

中島敦の章

『中島敦全集』3巻　筑摩書房（1976）

国木田独歩の章

『定本 国木田独歩全集（増補版）』5巻　学習研究社（1995）

谷崎潤一郎の章

《谷崎潤一郎から根津松子への手紙》／《谷崎潤一郎から渡辺重子への手紙》

『谷崎潤一郎の恋文』千葉俊二編　中央公論新社（2015）

《谷崎潤一郎から渡辺千萬子への手紙》

『谷崎潤一郎＝渡辺千萬子 往復書簡』中央公論新社（2001）

主要参考文献

『世紀のラブレター』梯久美子　新潮社（２００８）
『愛の顚末　恋と死と文学と』梯久美子　文藝春秋（２０１８）
『文豪の女遍歴』小谷野敦　幻冬舎（２０１７）
『文士と姦通』川西政明　集英社（２００３）
『太宰治との七年間』堤重久　筑摩書房（１９６９）
『回想の太宰治』津島美知子　講談社（２００８）
『斜陽日記』太田静子　朝日新聞出版（２０１２）
『檀一雄全集』7巻　沖積舎（１９９２）
『わが中原中也』川上徹太郎　昭和出版（１９７４）
『中原中也の手紙』安原喜弘　青土社（２０００）
『大岡昇平全集』10巻　中央公論社（１９７４）
『新潮日本文学アルバム　30　中原中也』新潮社（１９８５）
『中原中也　沈黙の音楽』佐々木幹郎　岩波書店（２０１７）
『「別冊太陽」　中原中也　魂の詩人』平凡社（２００７）
『眼の哲学・利休伝ノート』青山二郎　講談社（１９９４）
『芥川竜之介』関口安義　岩波新書（１９９５）

『愛の永遠を信じたく候 啄木の妻 石川節子』澤地久枝　七つ森書簡（2013）
『猛女とよばれた淑女　祖母・齋藤輝子の生き方』斎藤由香　新潮社（2010）
『梶井基次郎』中谷孝雄　筑摩書房（1961）
『宇野千代 女の一生』新潮社（2006）
『中島敦・光と影』田鍋幸信編　新有堂（1989）
『山月記の叫び』進藤純孝　六興出版（1994）
『中島敦　生誕100年、永遠に越境する文学』河出書房新社（2009）
『定本　国木田独歩全集（増補版）』別巻　学習研究社（1995）
『作家の自伝23 国木田独歩』日本図書センター（1995）
『落花流水』渡辺千萬子　岩波書店（2007）

文豪たちの口説き本

2020年 7月22日　第1刷

編　者　　彩図社文芸部

発行人　　山田有司

発行所　　株式会社彩図社
　　　　　東京都豊島区南大塚3-24-4
　　　　　MTビル〒170-0005
　　　　　TEL：03-5985-8213　FAX：03-5985-8224

印刷所　　シナノ印刷株式会社

URL：https://www.saiz.co.jp
Twitter：https://twitter.com/saiz_sha

　ISBN978-4-8013-0451-2 C0095